LINDA

SOUS PRESSE :

AME POUR AME

Par le même auteur

——⌒⌒——

LE PUY, TYPOGRAPHIE M.-P. MARCHESSOU

LINDA

SUIVIE DE

PLUS HEUREUX QU'UN ROI

DEUX NOUVELLES

PAR

LA COMTESSE DE MILA

PARIS

LIBRAIRIE ACADÉMIQUE

DIDIER ET Cⁱᵉ, LIBRAIRES-ÉDITEURS

QUAI DES AUGUSTINS, 35

1872

LINDA

I

C'était une belle journée d'hiver. La
neige tombée dans la matinée, éclairée par
un brillant soleil resplendissait sur la campagne, qui semblait couverte d'un manteau brodé en diamants. Les moineaux,
sautillant et voletant d'un arbre à l'autre,
secouaient des branches la neige qui retombait comme une fine poussière d'argent
et leurs chants joyeux semblaient annoncer que le printemps n'était plus loin, et,
qu'ils pourraient bientôt se moquer à cœur
joie du bonhomme Hiver. D'un petit air
effronté ils venaient picoter les miettes
qu'une main bienfaisante avait répandues

sur les fenêtres d'une belle maison de campagne située non loin de la ville de B., et puisqu'ils nous en donnent l'occasion, entrons, je vous prie, dans le salon du baron d'Althof. C'est une belle pièce et l'ameublement de forme ancienne, mais riche, lui donne l'apparence agréable d'un appartement tout à la fois confortable et élégant. Les parois sont presque complétement couvertes par les portraits des aïeux du baron, et ces messieurs et ces dames, du haut de leurs cadres, semblent regarder avec une certaine complaisance les personnes réunies dans le salon.

Assis dans un fauteuil, devant un petit guéridon, le baron est absorbé dans la lecture des journaux. C'est un homme qui a dépassé la cinquantaine, mais il a opéré ce passage si lestement, à voir sa taille encore si élégante dans ses formes robustes, qu'on le croirait beaucoup plus jeune. Il a dû être, dans sa jeunesse, remarquablement beau, et la façon altière dont il porte la tête ne messied vraiment pas au descendant du fameux Gothardt d'Althof, qui accompagna, à la croisade, Frédéric Barberousse. Près d'une fenêtre, sur un petit sopha, une jeune fille est étendue sur des coussins. Son visage porte des traces évidentes de souffrance. Ses yeux bleus, d'une douceur céleste, éclairent, pour ainsi dire, par leur expression angélique, une figure qui aurait besoin de fraîcheur pour paraître jolie. Ses cheveux, d'un blond très-clair, forment autour de sa tête comme l'auréole d'une martyre. Elle s'appelle Frédérica, mais, depuis son enfance, on ne l'a jamais appelée que du petit nom de Frieda (*), qui convient tout à fait à l'expression paisible de sa physionomie. A sa droite est assise sa sœur Olga, qui forme avec elle le plus frappant contraste. C'est une jolie brunette dont les traits, sans être réguliers, plaisent par la mobilité de leur expression intelligente. Ses yeux bruns, d'une extrême vivacité, semblent chercher quelque chose au delà de ce qui l'entoure. Ce qu'elle cherche — elle ne le sait peut-être pas elle-même. Sa toilette décèle une certaine originalité et, à première vue, l'on dit d'elle : ce n'est pas

(*) En allemand, le mot *Frieden* signifie paix.

une personne comme tout le monde. Continuellement, elle interrompt l'ouvrage de
fantaisie auquel elle travaille, soit pour regarder par la fenêtre, soit pour parler à ses
sœurs, car une troisième jeune fille est assise devant la table à ouvrage. C'est Louise
qui a une année de moins qu'Olga, et deux
de plus que Frieda. Sa figure, ronde et
rose, encadrée de cheveux châtains, rappelle
le type favori des figures de femmes pein-
tes par Metsu et Mieris. Un embonpoint,
quelque peu menaçant pour une jeune fille
de dix-huit ans, donne à ses mouvements
une sorte de timidité un peu gauche, tandis que la forme de son menton et de sa
bouche, aux lignes très-arrêtées, donne à
sa physionomie une expression très-marquée de bon sens et de fermeté. L'on se dit,
en la voyant, que si ses facultés n'ont peut-
être rien de brillant, la raison et le jugement ne lui manquent pas, et la guideront
sûrement pour faire son chemin dans la vie.
Rien qu'en observant l'intérieur de son panier à ouvrage où tout se trouve dans un ordre parfait, l'on devine qu'elle doit posséder
toutes les aptitudes d'une bonne ménagère.

Les trois sœurs causaient à voix basse pour ne pas troubler leur père dans sa lecture, quand tout à coup les joyeux grelots d'un traîneau se firent entendre.

— Qui vient ? dit le baron, en pliant la *Gazette de Cologne* pour prendre le *Journal d'Augsbourg*.

— C'est la tante Emma, dit Olga qui s'était précipitée à la fenêtre, quel bonheur, ajouta-t-elle à demi-voix, elle nous racontera quelque chose de nouveau.

La tante Emma qui, dans le monde, s'appelait la comtesse de Vernerode, était une belle personne d'une taille imposante et majestueuse. Elle n'était plus très-éloignée de cet âge fatal qu'un spirituel auteur a qualifié en l'appelant le *cap des tempêtes,* mais elle avait encore assez de beauté pour continuer à être appelée la *belle comtesse,* surnom qui lui avait été donné avant le temps où l'on commence à compter les automnes de la vie.

— Bonjour, Ferdinand, dit-elle au baron en lui tendant une main qu'il baisa avec empressement.

— Bonjour, mes chères petites, dit-elle

d'une voix caressante à ses nièces, tandis qu'après l'avoir embrassée, Olga et Louise l'aidaient à se débarrasser de son chapeau et de ses fourrures.

— Tiens, mon ange, voici pour toi, dit-elle en mettant un sac de bonbons devant Frieda.

— Merci, chère petite tante.

— Ma tante, dit Olga, en laissant à la comtesse à peine le temps de s'asseoir, je vois à vos yeux que vous avez quelque chose à nous conter.

— Voyez donc quelle petite curieuse, dit le baron en riant.

— Elle a deviné parfaitement juste, dit la comtesse en donnant une petite tape caressante sur la joue veloutée d'Olga. J'ai, en effet, deux choses à vous dire.

— Oh! parlez donc vite, ma tante, je grille d'impatience, s'écria Olga dont les yeux brillaient.

— Voyez un peu, Emma, ce que vous faites. Olga est au moment de se trouver mal de curiosité.

— Soyez indulgent, mon cher Ferdinand, dit la comtesse d'une voix insinuante ;

elle est petite-fille d'Eve et un peu de curiosité nous est bien permis à nous autres femmes.

— Mais où est donc Linda, car ce que j'ai à dire la regarde également?

— Je vais aller la chercher, dit Olga, qui s'élança vers la porte, mais dans ce moment même Linda entra. C'était une belle jeune fille dans le complet épanouissement de sa beauté. Elle ressemblait beaucoup à son père dont elle avait les traits réguliers et les cheveux d'un blond doré. Grande et svelte, elle avait le port d'une reine, et son léger embonpoint, en donnant toute leur perfection aux lignes harmonieuses de sa personne, plaisait parce qu'il semblait être la conséquence d'une excellente santé. Elle avait, comme son père, l'habitude de porter la tête en arrière, ce qui ne contribuait pas peu à lui donner un air de fierté ; mais ce défaut chez elle était atténué et semblait une grâce de plus, parce qu'il paraissait tenir à l'abondance de ses cheveux qui formaient, sur le derrière de sa tête, des tresses d'or autour desquelles s'enroulaient des boucles qui, retombant sur le cou, en fai-

saient ressortir l'éclatante blancheur. Le regard de ses yeux, bleu de mer, était perçant
et manquait un peu de ce rayonnement que
certains yeux semblent emprunter au soleil
lui-même. L'on aurait pu désirer plus de
couleur sur ses joues, mais, comme sa pâleur n'avait rien de maladif, elle contribuait
même à donner, à son genre de beauté, un
certain charme particulier.

— Viens vite, Linda, dit Olga, ma tante
a deux choses à nous raconter.

— Vraiment! Je suis tout oreilles, répondit-elle gaîment et, après avoir gracieusement salué sa tante, elle prit place à
la table à ouvrage.

— Eh bien! dit la comtesse, il s'agit d'a-
bord d'un bal de souscription qui sera donné le lundi gras au profit des pauvres in-
cendiés de M.; j'ai le projet d'y aller et
j'espère, Ferdinand, fit-elle en se tournant
vers son beau-frère, que vous m'y laisserez
mener le plus possible de ces chères fillettes.

— Pourquoi pas, dit le baron; danser
pour les pauvres, c'est bien le moins qu'on
puisse faire pour eux. As-tu envie d'aller à
ce bal, Linda ?

— Mais oui, papa, répondit-elle en souriant.

— Il n'y a pas besoin de demander à Olga ce qu'elle en pense; il n'y a qu'à la regarder, dit M. d'Althof. En effet, la physionomie rayonnante d'Olga ne laissait aucun doute sur le plaisir qu'elle espérait trouver au bal.

— Et Louise, dit la comtesse?

— Moi, ma tante! Oh je resterai à la maison, pour garder Frieda; d'ailleurs, j'ai au talon une grosse engelure qui m'empêcherait de danser.

— Comme je me réjouis, dit Olga, qui avait mis son ouvrage de côté et semblait par anticipation entraînée dans le tourbillon de la danse. Je veux mettre ma guirlande de houx et ma parure de corail.

— Seulement, je te prie, mon enfant, dit la comtesse, point de toilette excentrique, n'est-ce pas?

— Ne craignez rien, Emma, dit le baron.. Linda aura l'œil sur cela. N'est-elle pas l'ange gardien de ses sœurs?

— Chère tante, remarqua Olga, n'avez-

1*

vous pas dit que vous aviez deux choses à nous raconter ?

— Ah! je savais bien qu'Olga ne me tiendrait pas pour quitte, dit la comtesse en souriant. L'histoire que j'ai à vous conter est un vrai roman et finit par le mariage d'une personne que vous avez très-bien connue.

— Que nous avons connue, dirent les jeunes filles toutes à la fois! Qui donc est-ce ?

— Laissez-moi commencer. Vous rappelez-vous Mlle Clara de Lemke, qui, il y a quatre ans, vint avec sa mère passer un hiver ici?

— Oui, certainement, dit avec vivacité Olga, qui volontiers se faisait le porte-parole de ses sœurs. Elle était charmante.

— La baronne de Lemke est mon amie d'enfance, quoiqu'étant bien plus âgée que moi, reprit la comtesse, qui jamais ne perdait de vue ses prétentions de jolie femme. Elle avait une fille et un fils. Celui-ci mourut il y a de cela trois ans, ce qui fut une extrême affliction pour elle et pour Clara, qui aimait passionnément son frère. La

jeune fille devenait, par sa mort, un assez
brillant parti, aussi les prétendants ne lui
manquèrent-ils pas. Mais personne ne lui
plaisait, et, au grand regret de sa mère, qui
désirait beaucoup la voir s'établir, elle re-
fusait tout le monde. Comme elle avait le
larynx très-délicat, le médecin jugea à propos de l'envoyer prendre les eaux de Wis-
bourg. Après avoir terminé la cure, ces dames désirèrent faire un petit tour en Suisse,
et, dès le début de leur voyage, elles ren-
contrèrent, en chemin de fer, un jeune
homme qui voyageait avec une jeune dame
pour laquelle il avait les soins les plus at-
tentifs. Je ne sais quel petit incident les mit
en rapport et leur fit connaître réciproque-
ment qu'ils avaient par hasard le même iti-
néraire. L'amabilité et le ton parfaitement
comme il faut de ses compagnons de voyage
fit que Mme de Lemke ne pouvait assez se
féliciter de les avoir rencontrés. Elle apprit
qu'ils étaient frère et sœur; qu'ils s'appe-
laient M. Albert et Mlle Dorothée Edler, et
que le frère, qui était avocat, avait une position très-lucrative à Vienne. Pendant une
quinzaine de jours, ils voyagèrent ainsi

ensemble. M. Edler devint très-épris de
Clara et celle-ci, en admirant les qualités
du jeune homme, se disait intérieurement
que personne, jusqu'à ce jour, n'avait encore réussi comme lui à captiver son intérêt. Mme de Lemke, qui ne se doutait ni
des sentiments de sa fille, ni de l'inclination
de M. Edler, ne tarissait pas en éloges sur
son compte et sur celui de sa sœur. Arrivés à Bâle, ils devaient se séparer et prendre des routes différentes. L'extrême bienveillance que lui témoignait Mme de Lemke,
inspira de l'espoir à M. Albert, qui fit à Clara la déclaration de ses sentiments. Celle-ci,
au comble de l'émotion, dit un *oui* qu'elle
subordonna au consentement de sa mère.

Mme de Lemke recula d'abord devant la
pensée de marier sa fille à un avocat, et tout
d'abord dit non : puis ensuite, profondément
touchée par la douleur contenue, mais visi-
ble du jeune homme, attendrie par celle de
sa fille qui, dans son chagrin, ne dit pas une
parole qui eût pu affliger sa mère, elle revint
sur sa première décision et déclara que si,
dans une année, ils persévéraient dans les
mêmes sentiments, l'on pourrait reparler de

ce mariage; mais, en retour de cette espérance qu'elle leur donnait, elle exigea qu'il
n'y eût aucune correspondance entre eux.
M. Edler et Clara prirent congé l'un de l'autre devant Mme de Lemke qui donna rendez-vous à M. Albert, à pareille date, dans
une année. Pendant ce temps, elle voyagea
avec sa fille dans le but secret de lui faire
oublier son inclination et celle-ci reçut de
nouvelles offres de mariage dont une principalement était tout à fait brillante, puisque
Clara, en l'agréant, aurait pu devenir
princesse, mais elle dit non à tout le monde,
et, il faut le dire, il y avait un certain mérite
à cela puisqu'elle ignorait si M. Edler lui
gardait la même fidélité. Elles se dirigèrent
vers leur terre de D..., où Mme de Lemke
avait assigné le rendez-vous, et Clara m'a
raconté qu'en voyant venir le jour qui devait, en donnant la mesure du sentiment de
M. Albert, décider de son avenir, elle éprouvait une anxiété mortelle. Le hasard fit que
ce jour-là il y eut un accident sur la voie fer-
rée par laquelle venait M. Albert. Il ne fut
pas blessé, mais il arriva quelques heures
plus tard qu'il n'avait pensé. La pauvre Cla-

ra, après avoir passé par toutes les angois-
ses de l'attente, était dans les larmes quand
le soir elle vit entrer M. Edler. Mme de
Lemke sacrifia, non sans peine, ses préjugés aristocratiques au bonheur des
deux jeunes gens, et le mariage fut décidé.

— Quelle folie ! dit le baron en interrompant brusquement la comtesse. Sont-ils
déjà mariés ?

— Non, pas encore, mais ils le seront dans
huit jours. Mme de Lemke, en femme prudente, sachant bien que ce mariage ferait
causer, a voulu n'en faire part dans le monde
que quelques jours avant sa célébration.
Toute sa famille est furieuse contre elle de
ce qu'elle laisse faire ce mariage et.....

— Je crois bien. Il y a certes de quoi, dit
le baron. Une Lemke, une de nos meilleu-
res familles ! épouser un petit avocat !

— C'est un homme, de mérite à ce que
l'on dit, reprit la comtesse qui appartenait à
cette race prudente de gens qui n'avancent
jamais une opinion personnelle décidée, afin
d'avoir toujours, au cas échéant, une porte
de sortie.

— Comment a-t-elle eu le courage de

quitter sa mère pour un avocat? dit Linda avec une moue dédaigneuse qui devait être fréquente sur ses lèvres tant elle y paraissait naturelle.

— Mais elle l'aime, dit Frieda de sa voix un peu faible.

— Ah! voilà Frieda qui devient romanesque, dit Linda en souriant ironiquement. Seulement, quand on quitte sa mère pour un mari, faudrait-il le mieux choisir. Quelle parenté et quelle société elle va avoir maintenant. Cela fait pitié! Je me souvenais de Clara comme d'une personne intelligente et bien élevée. Maintenant qu'elle fait une pareille mésalliance, j'avoue qu'elle ne m'inspire plus aucun intérêt.

— Cette histoire m'a beaucoup plu, dit Olga qui, contre son habitude, avait assez longtemps gardé le silence. Cela ressemble aux histoires qu'on lit dans les livres. J'aimerais bien me marier de cette manière-là.

Tout le monde se mit à rire.

— Je te conseille alors de fixer ton choix sur quelqu'un de mieux qu'un avocat, dit son père en passant la main sur les boucles brunes de la jeune fille, car je te préviens que je ne serais pas d'aussi bonne composition que Mme de Lemke.

— Oui, papa, dit Olga, je tâcherai d'épouser un prince. Mais non, reprit-elle en se ravisant, je n'épouserai qu'un comte, je laisse le prince à Linda : cela lui irait si bien d'être princesse. Madame la princesse par ci, madame la princesse par là.

Et Olga se mit à faire de profondes révérences devant sa sœur qui riait de très-bon cœur.

— Voyons, petite folle, taisez-vous, dit son père qui se mit à chercher dans le journal un article qu'il voulait montrer à la comtesse.

— Et où vont s'établir M. et Mme Edler? demanda Linda, en scandant ce nom plébéien, qui sonnait si mal à ses nobles oreilles.

— Ils vont aller passer quelques mois à Nice, parce que la santé de Clara demande quelque ménagement, car son mal à la gorge n'est pas encore tout à fait guéri.

— Comment, ils ne s'établiront pas encore à leur ménage, dit Louise qui comprenait les félicités du foyer domestique sous la forme d'une maison admirablement bien tenue?

— Tenez, Emma, voilà ce que je voulais vous montrer, et le baron tendit le journal à sa belle-sœur. Celle-ci, après l'avoir lu et avoir fait l'observation que le baron désirait entendre sur le sujet, se leva, et après force caresses et compliments, elle remonta en traîneau.

II

Le baron d'Althof avait perdu de bonne heure ses parents, dont il était le fils unique, et il avait été placé sous la tutelle d'un grand oncle qui avait une charge considérable à la cour. Celui-ci avait eu beaucoup de peine à diriger une éducation que le caractère fier et indépendant du jeune homme rendait une tâche difficile. Un extérieur des plus avantageux, des succès dans ses études, contribuaient à augmenter un orgueil que le grand oncle, fier de sa race, n'avait jamais cherché à combattre. Le jeune homme entra au service militaire et fut bientôt connu et admiré comme étant le plus brillant officier de son régiment, mais, au bout de quelques années, l'oncle, fatigué d'avoir souvent à payer les dettes d'une jeunesse passablement orageuse, lui fit quitter le service et obtenir, de par la faveur royale dont il jouissait, un emploi important à la cour.

A cette époque, les folies du jeune officier avaient réduit à peu de chose sa fortune patrimoniale; aussi son oncle, dont les revenus consistaient principalement en pensions qui devaient s'éteindre dans sa personne, lui ayant fait entendre qu'il n'eût pas à compter sur un héritage considérable, lui fit en même temps comprendre qu'il était urgent pour lui de faire un riche mariage. Il fut assez heureux, ou assez habile, pour rencontrer un parti qui réunissait tout ce qu'il pouvait désirer. Il avait vingt-six ans lorsqu'il épousa M\^{lle} Olga de Vernerode, demoiselle d'honneur de la reine. A une naissance distinguée, aux charmes de sa personne, elle joignait l'avantage, non moins précieux, de posséder une dot qui vint, l'on ne peut plus à propos, com-

bler les vides que les plaisirs avaient creu-
sés dans la caisse du baron d'Althof. Du
moment qu'il fut marié, sa conduite de
vint irréprochable, certaines qualités qui
avaient semblé comme annihilées par l'a-
mour du plaisir se développèrent rapidement et du bel Althof, comme on l'appelait alors, firent un homme de mérite qui,
en peu temps, s'acquit la réputation la
plus honorable. Sa femme qui, avec une
imagination exaltée, avait le caractère le
plus doux et le plus aimable, était la première à rendre hommage à la supériorité
d'un mari qu'elle adorait et ne voyait jamais rien que par ses yeux, ce qui ne con-
tribua pas médiocrement à inspirer au baron une confiance illimitée dans ses talents
et ses capacités.

A la naissance de leur fille aînée, qu'une
petite veine romanesque de la baronne fit
appeler Mélinda, le baron fut quelque
peu déçu, car il désirait, par dessus tout,
un héritier auquel il put transmettre son
nom, mais deux ans plus tard, lorsqu'un
beau petit garçon reçut au baptême le nom
de Gothard, son fameux ancêtre, il se trou-

va comblé dans ses vœux, et tant que vé-
cut son fils, il serait difficile de mentionner
tous les projets que son ambitieuse tendresse forma pour son avenir.

Malheureusement, comme tant d'autres,
il avait compté sans la mort qui, ennemie
du bonheur de l'homme et dédaignant ceux
qui la supplient de les délivrer du fardeau
de cette vie, s'en va choisir, pour ses vic-
times, les êtres les plus chéris, ceux sur
lesquels reposent le plus d'espérances. La
mort du petit Gothard, enlevé à trois ans par
une fièvre maligne, fut une douleur immense pour le baron, et elle se renouvela
pour ainsi dire chaque fois qu'à la naissance
des trois enfants qu'il eut encore après avoir
ardemment espéré un fils, il voyait s'augmenter le nombre de ses filles. A la suite
de la naissance de Frieda, la baronne, sur
le cœur de laquelle retombait chaque fois le
désappointement éprouvé par son mari,
tomba dans une maladie de langueur. Les
soins des meilleurs médecins, le changement d'air, les distractions, tout fut employé inutilement. Mme d'Althof, après avoir
langui plusieurs années, ayant vu la mort

venir depuis longtemps, mourut, n'ayant pas d'autre regret que celui de n'avoir pu donner à son mari le fils qu'il avait tant désiré. Dans l'idée où elle était que son mari se remarierait, elle fit un testament dans lequel, en lui laissant l'usufruit d'une partie de sa fortune, elle partageait le reste également entre ses quatre filles avec la condition expresse que chacune d'elles, le jour où elle aurait dix-huit ans, mariée ou non, entrerait en jouissance du revenu de son capital. Elle fit de ses bijoux, qui étaient considérables, ainsi que des autres objets de valeur qu'elle possédait, la même disposition, et crut ainsi avoir fait son possible pour adoucir l'existence de ses filles dans le cas probable où une étrangère viendrait remplir sa place dans la maison, mais, au grand étonnement de tout le monde, M. d'Althof, sans se poser cependant en veuf désespéré et inconsolable, ne se remaria pas. Il y avait alors neuf ans que sa femme était morte, aussi les vieilles dames, le plus possédées de la manie de faire des mariages, avaient renoncé elles-mêmes à proposer M. d'Althof comme un parti sortable, aux clientes qui parfois remplissaient leurs salons.

Linda avait seize ans, lorsque sa mère mourut. Son intelligence s'était rapidement développée par l'habitude qu'avait prise sa mère de se faire suppléer par elle dans les soins du ménage et la direction de la maison. D'un caractère fier et indépendant, elle s'était de très-bonne heure soustraite à l'autorité de la gouvernante qui, après avoir fait son éducation, avait été chargée de celle de ses sœurs. Après la mort de Mme d'Althof, une de ses cousines, qui était religieuse, obtint, par une faveur spéciale, la permission de venir passer quelque temps auprès de ses jeunes parentes. C'était une personne d'un très-grand mérite, et qui apporta un adoucissement à la douleur du baron et à celle des petites orphelines. Comme elle était persuadée que son cousin se remarierait, elle lui proposa de se charger de ses trois filles cadettes, afin de les faire élever sous sa direction spéciale, à R... Mais le baron avait contre l'éducation des pensions et des couvents des préjugés que sa parente ne voulut pas essayer de combattre, et il se trouvait trop habile en toutes choses pour ne pas se croire plus capable que tout autre de diriger l'éducation de ses filles. Linda, depuis la mort de sa mère, avait pris en mains la direction de la maison, et s'en acquittait avec une activité et une intelligence remarquables pour son jeune âge.

Un jour que sa tante, afin de l'encourager, lui donnait des éloges parfaitement mérités, Linda l'interrompit en disant avec vivacité : « Je veux que papa se trouve si bien chez lui qu'il ne pense pas à se remarier, car cela serait le plus affreux des malheurs pour mes sœurs et moi.

Mme d'Arfeld, bien convaincue que son cousin ne resterait pas longtemps veuf, chercha à réconcilier Linda avec l'idée d'avoir une belle-mère, mais elle ne put y réussir et finit par lui dire qu'en rendant à son père la maison aussi agréable que possible, elle userait en effet du seul moyen qu'elle eût d'empêcher une étrangère de venir occuper la place de sa mère.

Après deux mois passés chez ses parents, Mme d'Arfeld retourna dans son couvent, ayant conçu une affection pleine d'estime pour la jeune fille qui avait entrepris une tâche aussi considérable, et qui la remplissait avec tant d'énergie et d'intelligence. Linda, nous l'avons dit, était bien douée, et toutes les facultés, souvent si inégalement réparties, étaient chez elle dans une harmonie qui en faisait une femme tout à la fois aimable et sensée, et sachant remplir parfaitement tous les différents devoirs de sa position. Peut-être ne se serait-elle pas développée d'une manière aussi remarquable, si elle n'avait eu, dans la crainte d'un second mariage de son père, un ressort puissant qui avait servi à lui faire chercher en elle toutes les ressources de son esprit.

Elle comprit que l'occupation était une chose indispensable à un homme encore dans la force de l'âge, et comme son père s'était retiré des diverses fonctions qu'il occupait et désirait quitter B... qu'il avait habité depuis son mariage, elle lui suggéra l'idée d'acheter une propriété aux environs de la ville et de l'exploiter lui-même.

Elle n'aurait pu agir plus sagement selon

le but qu'elle se proposait. Inspirant encore son père en cela, dans le choix de différentes propriétés, elle le porta à donner
la préférence à une très-belle terre, bien située, mais dont les bâtiments, complétement
en ruine, exigeaient une entière restaura-
tion. Le baron d'Althof, qui se piquait
d'être un homme universel, commença à
s'occuper activement de dessins et de plans,
et six mois après la mort de sa femme il
était, sinon consolé, du moins fort distrait
de son chagrin par les travaux qu'il venait
d'entreprendre. Il mit, à la construction de
sa nouvelle habitation, toute la sollicitude
prévoyante d'un propriétaire et tout le soin
d'un homme de goût, voulant se faire honneur dans ses œuvres. Il réussit parfaitement, et sa maison fut bientôt citée comme
l'une des plus jolies résidences de campagne dans la contrée. Deux ans après la mort
de sa femme, il vendit la maison qu'il occupait en ville, vint s'établir avec ses filles à
Neuhof, et commença à s'occuper, par lui-
même, de l'exploitation du domaine assez
considérable qui entourait la maison.

Dans le monde l'on blâma cette sorte de

retraite qui, en isolant ses filles de la société,
devait, disait-on, nuire à leur établissement ;
mais M. d'Althof, lors même qu'on eût osé
lui dire en face ce qu'on pensait de lui,
n'était pas homme à se laisser le moins du
monde influencer par le qu'en dira-t-on.
Parfaitement satisfait de lui-même, il eût
été naïvement étonné, si on lui avait fait
comprendre qu'on ne partageait pas complétement l'admiration sincère qu'il éprouvait pour sa conduite. Aimant ses filles
à sa manière, c'est-à-dire comme aiment
les despotes et les égoïstes, il trouvait
qu'en ne leur ayant pas donné de belle-
mère, il avait fait preuve d'un amour paternel tellement héroïque qu'elles ne pourraient
jamais en retour lui témoigner assez de dé-
voûment et d'abnégation. Linda avait été
depuis son enfance sa fille favorite et, ne se
montrant pas en cela différent de tous les
caractères entiers et absolus, jamais il ne
s'était gêné dans les manifestations ouvertes
de cette prédilection qui se fondait principalement sur ce qu'elle était beaucoup plus
jolie et mieux douée que ses sœurs. Lorsqu'à la mort de sa mère, elle fit preuve de

qualités remarquables, et qu'elle sut de toute manière adoucir son chagrin et son isolement, il trouva encore une double jouissance à voir, ainsi justifiée par les faits, la préférence de son cœur. Il appelait Linda sa *fille*, les autres étaient toujours, à ses yeux, les *enfants* ou les *petites*. Leur éducation avait été confiée aux soins d'une gouvernante qui avait passé seize ans dans la famille d'Althof.

Mlle Anna Neil était une femme consciencieuse, patiente, sensée, mais d'un esprit médiocre et ayant des idées plus étroites encore que sa maigre et chétive personne. Soumise en tout aux opinions du baron, beaucoup moins par conviction que par un sentiment instinctif de déférence pour toute autorité, elle avait, avec l'exactitude et la conscience qu'elle apportait en tout, suivi ponctuellement ses directions sans s'attacher à étudier les caractères très-opposés entre eux des jeunes filles confiées à ses soins. En entrant dans la maison d'Althof, elle était fiancée à un sien cousin, qui poursuivait laborieusement ses études en médecine, et ils ne devaient songer à unir leurs

destinées que lorsque lui, par la position
qu'il devait se créer et elle par les économies qu'elle aurait amassées, se seraient mis
en état de fonder leur maison. Cette circonstance avait beaucoup contribué à empêcher qu'il se forma, entre l'institutrice et
ses élèves, ce lien qui tient presque de l'affection maternelle. L'éducation de ses élèves avait été pour Mlle Neil, non le but de
sa vie, mais le moyen d'arriver à épouser
un jour son cher Théodore. Tous les moments qu'elle pouvait dérober aux devoirs
scrupuleusement observés par elle, elle les
employait à expédier à son fiancé de longues
lettres écrites sur du papier rose, et remplies de citations sentimentales, choisies
dans ses auteurs favoris, ou bien, échan-
geant la plume pour l'aiguille, elle confectionnait au crochet ou au tricot différents
ouvrages qui devaient mettre le comble au
bonheur qu'elle se promettait de répandre
sur l'existence de son futur époux.

Le docteur Siebel put enfin, après avoir,
pendant quinze ans, patiemment brûlé des
feux du plus fidèle amour, offrir à sa tendre
fiancée une position qui, bien que modeste,

suffisait à l'ambition de sa cousine. Depuis deux ans qu'elle était mariée, elle nageait dans la félicité conjugale et dans les soucis domestiques, et ce double courant produisait une atmosphère qui rendait le ménage Siebel le plus heureux du monde. Ils habitaient une petite campagne non loin de Neuhof, et c'était par la protection du baron que le docteur avait vu sa position devenir assez solide pour lui permettre de se marier; aussi, lui et sa petite femme lui étaient-ils tout dévoués, et cette dernière, lorsque le baron faisait parfois de courtes absences, revenait à Neuhof et reprenait momentanément ses fonctions de gouvernante. Ainsi que nous l'avons dit, Linda, sous l'impulsion de son caractère fier et indépendant, s'était, de très-bonne heure, soustraite à l'autorité ainsi qu'aux leçons de Mme Siebel, mais son éducation n'en avait pas souffert pour cela. D'une nature studieuse, et ambitieuse du savoir comme de toute supériorité, elle avait étudié par elle-même et avait cultivé ses talents avec la persévérance qu'elle apportait à toutes choses; aussi, sans être une virtuose, elle jouait et dessinait agréablement, et sans rien faire de par cette inspiration qui peut prendre le nom de génie, même en s'appliquant aux plus petites choses, elle faisait toute chose bien et facilement.

Olga, qui avait six ans de moins qu'elle, était une organisation tout à fait différente. L'imagination, chez elle, prédominait de beaucoup sur le jugement. Très-spirituelle parfois, elle pouvait quelquefois inspirer des doutes sur son bon sens. Elle avait pour le dessin un talent qui, s'il avait été développé, en aurait pu faire une véritable artiste, mais le baron ayant des idées très-absolues sur le degré de talents et de connaissances qu'une femme doit posséder, il ne consentit jamais à ce qu'Olga eût d'autres leçons que celles plus que médiocres que lui avait données Mme Siebel. Il ne pensait pas que, si Dieu fait l'homme à son image, les parents n'ont pas ce droit-là sur leurs enfants, et que de riches facultés, qui peuvent faire le bonheur de ceux qui en sont doués, peuvent aussi, en étant comprimées, devenir une source d'erreurs et de cruelles souffrances. Il en était ainsi d'Olga.

Elle était, pour son malheur, de ces êtres
exclusifs dans leur esprit comme dans leurs
sentiments, et qui, pouvant exceller dans
certaines choses, sont complétement incapables pour d'autres. Il aurait fallu l'œil d'une
mère tendre et sage pour comprendre l'a-
liment qu'il fallait donner à ce cœur affectueux, à cette vive imagination, afin que
ces richesses ne fussent pas dans le cas de
devenir un aliment malheureux dans la
vie de la jeune fille. Quant à Louise, l'on
peut dire qu'elle avait trop peu ce que sa
sœur avait de trop. Calme, laborieuse, d'un
esprit pratique et positif, elle aurait peut-
être réalisé le rêve du bon Chrysale. Très-
dévouée dans les choses qui rentraient dans
ses goûts et ses aptitudes, elle devenait
très-égoïste du moment qu'elle était appelée à sortir du cercle de pensées et d'occupations vers lesquelles ses instincts la por-
taient. Elle pouvait vingt fois interrompre
sa broderie ou sa couture pour arranger les
coussins de Frieda ou pour lui préparer sa
tisane, mais si celle-ci la priait de lui faire
la lecture, de jouer aux dames avec elle,
etc., Louise alors, comme disaient ses

sœurs, se renfermait dans sa coquille et
ne disait mot. L'on pouvait remercier avec
gratitude Olga pour des soins donnés ma-
ladroitement, tandis qu'on restait froid en
recevant ceux donnés avec une réelle intelligence par Louise, parce que l'on sentait que l'une était inspirée par son cœur,
et l'autre n'était guidée que par son instinct.
Nous ne dirons que peu de chose de Frieda,
car elle n'occupait qu'une très-petite place
dans la maison. A peine sortie de l'enfance,
elle avait eu une fièvre nerveuse dont, à
l'époque où nous commençons notre récit, elle subissait encore les conséquences.
Elle était dans un tel état de débilité, que
ses études interrompues n'avaient pu être
reprises, et que son intelligence, qui avait
été souvent remarquée dans son enfance,
semblait comme momentanément obscur-
cie. Douce et patiente, silencieuse d'ordinaire, on la connaissait peu, mais tout le
monde l'aimait, et on ne l'appelait jamais
que la bonne Frieda.

Linda, bonne et dévouée envers ses
sœurs, les considérait toujours comme si
elles avaient été encore enfants et ne se

doutait pas qu'elle leur faisait tort de toute manière, en les excluant d'une participation quelconque aux occupations qui remplissaient sa propre vie. Olga et Louise, tout en souffrant sans s'en rendre compte de l'inactivité dans laquelle se passait leur jeunesse, ne songeaient même pas à faire valoir leurs droits. Linda, toujours admirée et louée en toute chose par son père, était à leurs yeux un être tellement supérieur, qu'il leur eût semblé presque coupable de songer à partager avec elle l'autorité et les priviléges dont elle était en possession. Tout contribuait à maintenir Linda dans la confiance qu'elle avait en ses propres mérites, et, sincèrement et dans la droiture de son cœur, elle remerciait Dieu de lui avoir donné les vertus et les qualités qui faisaient d'elle la joie et l'orgueil de son père, et l'appui et le soutien de ses sœurs.

Disons aussi quelques mots sur la comtesse de Vernerode. Elle était la veuve du frère unique de Mme d'Althof. On assurait dans le monde qu'elle avait des prétentions sur le cœur du baron d'Althof, et qu'elle était assez habile pour parvenir à s'en faire épouser. Certaines gens disaient, en souriant d'une manière significative, qu'il était bien surprenant qu'une femme, qui jouissait aussi largement de la liberté accordée aux veuves, pût songer à échanger la vie facile qu'elle menait, contre celle moins gaie et pleine de responsabilité, de belle-mère de quatre jeunes filles. D'autres personnes, peut-être mieux informées, commentant les paroles de Célimène qui dit qu'il est un âge pour la pruderie, comme pour la galanterie, prétendaient que la belle comtesse, venant au moment de passer d'un camp à l'autre, voulait, avec une position nouvelle, prendre un nom nouveau, sous lequel il lui fût plus facile de faire oublier le passé de la comtesse de Vernerode. Avec un caractère très-faux et un esprit très-artificieux, elle avait des manières si naturelles, si expansives, si caressantes qu'elle était adorée.... par tous ceux qui ne la connaissaient pas. Comme il arrive souvent que les personnes les plus intéressées à une question ne la connaissent pas, M. d'Althof ignorait les bruits fâcheux, fondés sur certaines choses qui faisaient tort à la réputation de la comtesse de Vernerode. S'il les avait connus, jamais il n'aurait consenti à ce que ses filles allassent dans le monde sous la protection de leur tante, car, comme tous les hommes qui ont eu une jeunesse orageuse et ne sont devenus sages qu'en se mariant, il était excessivement difficile et pointilleux sur la vertu et la réputation d'une femme. La comtesse comblait de gâteries de tout genre ses jeunes nièces, dont elle était l'idole. Linda la voyait de moins bon œil et, tout en montrant les formes les plus gracieuses, elle gardait avec elle certaine réserve et ne recevait pas sans défiance ses caresses et ses compliments.

III

C'était le soir du bal. La comtesse venait d'arriver avec sa voiture pour chercher ses nièces, mais, hélas! Linda seule était en état de l'accompagner. Olga ayant voulu faire la veille l'essai d'une nouvelle coif-

ture, sans l'aide de personne, s'était, avec
le fer à papillottes, si cruellement brûlée
à la tempe gauche, que la pauvre enfant,
le front bandé et le cœur fort triste, se
voyait forcée de renoncer à ce bal auquel
elle avait rêvé nuit et jour.

La comtesse était fort en beauté ; ses
épaules, blanches et unies comme le marbre, paraissaient sortir de la dentelle et du
velours, et ses yeux étaient presque aussi
brillants que les diamants qui semblaient
éclairer l'ébène de sa chevelure.

— Comme vous êtes belle, ma tante, dirent tout à la fois les trois jeunes filles avec
un accent qui était flatteur par sa sincérité.

— Emma, dit le baron qui se promenait
de long en large dans le salon et s'arrêta
devant sa belle-sœur, il est certain que vous
ferez des conquêtes ce soir.

— Vraiment ! Je n'en veux plus faire, dit-
elle avec un sourire plein de coquetterie. Il
n'y en a plus qu'une seule que j'ambi-
tionne.

— Et laquelle donc? ma tante, dit l'in-
discrète Olga.

— Tu es bien curieuse, ma mignonne,

dit-elle en minaudant avec son éventail. Ah !
mais... voici la belle des belles, dit-elle d'un
ton complétement différent et qui n'était pas
exempt d'emphase.

Linda, enveloppée comme d'un nuage
dans sa robe de tulle blanc, méritait bien
ce titre et était, ce soir-là, splendidement
belle. Sur ses cheveux dorés était posé un
diadème en feuilles de lierre dont une traîne
légère retombait en arrière. Son cou de cy-
gne était entouré d'un triple rang de perles
moins blanches que lui.

Son père la regarda en silence se sentant
fier de sa beauté.

Elle-même coupa court aux exclamations
de ses jeunes sœurs, en demandant à sa tante
s'il n'était pas temps de partir.

— Mais oui, peut-être, dit la comtesse
qui était moins pressée. Et ces chères petites, comment passeront-elles la soirée ?

— J'ai fait prier Mme Siebel de venir leur
tenir compagnie, dit le baron, et, dans un
moment, elle va arriver. Quant à vous, Emma, j'espère que si vos jupes et celles de
Mlle ma fille n'y mettent point obstacle, vous
me permettrez de monter dans votre voi-

ture et de vous accompagner en ville; j'irai tàcher d'oublier ma solitude à mon club, et la voiture qui doit amener Mme Siebel viendra me chercher à dix heures.

— Cher Ferdinand, vous me faites le plus grand plaisir, dit la comtesse ravie intérieurement en attribuant à l'impression produite par ses beaux yeux et ses blanches épaules la décision prise par son beau-frère. Un imperceptible froncement de sourcils chez Linda aurait fait penser qu'elle était moins satisfaite que sa tante, et, en observant en route combien son père était aimable et empressé envers la comtesse, elle sentait insensiblement son cœur se serrer comme à l'approche d'un danger dont elle n'aurait pas pu tout à fait définir la nature.

Cependant, en entrant dans la salle de bal, brillamment éclairée et déjà remplie de monde, cette impression fàcheuse se dissipa comme un nuage que le soleil fait disparaître, et, à peine arrivée, elle se trouva tellement entourée par les cavaliers dont les noms venaient couvrir les feuilles de son calepin qu'elle oublia tout, excepté qu'elle était jeune et belle.

Il y avait à peine une heure que le bal avait commencé quand elle remarqua qu'un jeune homme la suivait des yeux avec une attention qui exprimait la plus vive admiration. Elle était trop habituée à exciter ce sentiment pour qu'elle pût en être très-étonnée ; mais il y avait dans l'expression du regard de l'inconnu un je ne sais quoi qui était encore plus que de l'admiration et qui, malgré elle, la troubla. En dansant, en causant avec ses danseurs, elle sentait que les yeux de l'étranger ne la quittaient pas un moment. Elle aurait bien voulu demander qui il était à l'un de ses cavaliers, mais elle se sentait embarrassée rien qu'à l'idée de le désigner. L'étranger était d'une taille élevée et avait, dans les formes un peu frêles de sa personne, une grâce et une élégance remarquables. Son origine méridionale était fortement accusée par sa chevelure noire et bouclée qui encadrait un visage aux traits réguliers dont la pâleur, légèrement olivâtre, faisait ressortir l'éclat presque étrange de ses yeux noirs. Il ne dansait pas, et Linda crut même remarquer qu'il ne causait avec personne. Elle se demandait s'il viendrait solliciter une danse, et cette seule pensée la troublait. Mais non ; ses regards continuaient à la suivre avec une admiration passionnée, mais il ne semblait changer de place que pour être à même de mieux la voir. Il était déjà minuit passé lorsque, du haut de la tribune réservée aux musiciens, l'on annonça ce qu'on appelle en Allemagne un *tour libre*. Cela signifie que, en dépit des engagements qui peuvent être pris pour toute la soirée, l'on peut accepter tous les danseurs qui se présentent. Tout d'un coup, avant qu'aucun autre eût eu le temps de le prévenir, le jeune étranger se présenta devant Linda et, avec l'accent allemand le plus élégant et le plus correct, il sollicita la faveur de danser avec elle la valse qui commençait. La formule était exactement celle employée par tous les danseurs ; mais il y avait dans sa voix, dans son regard, dans le geste de sa main avec lequel il semblait implorer la plus précieuse des grâces, l'expression d'un sentiment si sincèrement passionné que Linda, tremblante et rougissante, lui donna la main avec une émotion qu'elle n'avait jamais ressentie jusqu'à ce jour. La valse les entraîna dans ses cercles cent fois répétés, et lorsque Linda fut ramenée à sa place par l'étranger qui s'inclina devant elle et disparut, il lui sembla qu'elle avait traversé des sphères inconnues. Le jeune homme reprit son poste d'observateur, et Linda vit revenir tous les cavaliers qui s'empressaient de réclamer les danses promises.

La comtesse de Vernerode n'avait rien vu, et cela par une bonne raison, elle était fort occupée dans un salon voisin à répondre à la cour empressée que lui faisait un jeune colonel qui passait pour le plus fervent de ses admirateurs.

Linda, épuisée de fatigue, obtint de son danseur de la laisser reposer, et, assise sur une banquette, derrière une draperie, elle se laissait aller à rêver, lorsque son attention fut éveillée par les paroles suivantes qu'échangeaient entre elles une beauté mûre et la mère de quatre filles fort laides, qui faisaient tapisserie, en dépit des rubans éclatants qui, en ornant leurs disgracieuses personnes semblaient être des signaux de navires en détresse.

— Où est-il?

— Tenez, justement, c'est celui-là, il est de Naples et s'appelle le prince Mericelli.

— Et il est, dites-vous, nommé secrétaire d'ambassade ici?

— Oui, la Présidente me l'a dit, et vous savez qu'elle est toujours bien informée.

— Il est charmant, dit la mère infortunée qui, par un mirage de l'imagination, entrevit la possibilité de devenir la belle-mère d'un prince. Véronique ferait une si charmante princesse, mais, non, il vaut mieux qu'il épouse Cunégonde, elle est l'aînée et son teint commence à rougir, pauvre enfant. — Puis elle reprit tout haut de l'air indifférent d'une mère qui a marié toutes ses filles, et n'a que des petits-fils : il ne doit pas savoir l'allemand. Il est si rare que les étrangers parlent notre langue.

— Si fait, il le sait très-bien, ainsi que plusieurs autres ; l'on m'a assuré qu'il était pétri d'esprit, dit l'ex-beauté en tournant ses yeux armés d'un lorgnon vers un groupe qui s'avançait.

— Ce ne peut être que lui, se dit Linda, et sa tête qui s'était penchée un moment, comme ces fleurs sur lesquelles vient de tomber une goutte de rosée, reprit son attitude habituelle mue par les pensées qui entrèrent comme un torrent dans son cœur. Notre cœur qui peut contenir tant de joies et de douleurs, tant de sentiments grands et sublimes, peut souvent être complétement absorbé par des choses si petites, si vaines !

Il était deux heures passées lorsque la comtesse avertit sa nièce qu'il était temps de se retirer. Comme elle demeurait en ville, s'étant d'abord fait conduire à la maison, elle fit monter en voiture une femme de confiance qui devait accompagner Linda jusqu'à Neuhof. Cette dernière, heureuse de cet arrangement qui la dispensait de la fatigue de soutenir une conversation à laquelle son esprit distrait n'aurait pris aucune part, s'enfonça dans le coin de la voiture, charmée de se laisser aller à ses pensées. L'équipage venait de quitter la ville et roulait sur la grand'route, éclairée par un magnifique clair de lune, lorsque Linda, se penchant à la portière, vit à quelques pas de la voiture le prince Mericelli qui l'avait suivie jusque-là pour la voir encore. Beau-

coup plus émue qu'elle n'eût voulu le paraître, elle lui fit un gracieux salut auquel
le prince répondit en s'inclinant profondément, puis il disparut. La nuit, Linda, agitée par les souvenirs du bal, rêva qu'elle
était en toilette de bal, sur un lac dont
l'eau était gelée, et sur lequel patinaient
des cavaliers et des dames en riches ha-
bits de fourrures, tandis qu'elle se sentait
grelotter dans sa robe de tulle. Tout à coup
elle voit devant elle le prince qui, sans lui
dire un mot, lui offre la main et commence à danser avec elle sur la glace une valse
d'une vitesse tellement vertigineuse que la
terre semble lui manquer sous les pieds.
En dansant ainsi, ils arrivèrent à l'extrémité
du lac, où elle aperçut un feu immense
allumé sur la glace. A la clarté qu'il pro-
jetait, elle reconnut que le cavalier qui l'a-
vait fait danser était un horrible squelette
..... et elle s'éveilla.

IV

Deux mois venaient de s'écouler, et l'on
était à cette période charmante du printemps

où, en jouissant des charmes nouveaux de la nature rajeunie, l'on a devant soi le plaisir d'espérer que tout deviendra plus beau encore.

L'*Alleluia* qu'on venait récemment de chanter à l'église semblait être devenu le mot d'ordre des petits oiseaux qui, par leurs chants joyeux, annonçaient le retour des beaux jours.

Le baron d'Althof, qui se piquait de catholicisme comme de toute chose, n'avait pas permis à ses filles d'accepter une invitation quelconque pendant le carême ; aussi, depuis le bal du lundi gras, Linda n'avait pas eu occasion d'entendre parler du prince Mericelli. La comtesse de Vernerode était venue souvent à Neuhof, et le plaisir que le baron témoignait chaque fois qu'il la voyait, inspirait à Linda une angoisse d'autant plus grande qu'elle devait la dissimuler. Elle se disait parfois, en soupirant amèrement, que peut-être sa situation pourrait changer sous peu et qu'elle deviendrait aussi pénible qu'elle avait été jusqu'alors facile et agréable. Après avoir consacré les plus belles années de sa vie à son père, elle se

verrait forcée de céder tous ses droits à
cette tante qu'elle n'avait jamais aimée, et
qui viendrait prendre sa place dans l'affection de son père et dans sa position comme
maîtresse de maison.

M. d'Althof aimait ses filles en père
égoïste. Content de les voir autour de lui,
persuadé qu'elles étaient parfaitement heureuses, il n'avait encore fait aucune démarche en vue de leur avenir. L'on savait dans
le monde que les demoiselles d'Althof n'auraient pour dot, en se mariant, que ce qui
leur était échu en partage après la mort de
leur mère. Or, le quatrième du capital qui,
il y a une trentaine d'années, avait été une
très-belle fortune pour Mlle de Vernerode,
ne constituait qu'une mince dot à des jeunes personnes habituées à vivre dans un
certain luxe. Le baron aimait à considérer
Olga et Louise en dépit des dix-neuf ans
de l'une, et des dix-huit de l'autre, comme
des enfants jouant à la poupée, et, quant à
Linda, elle lui était trop nécessaire et trop
agréable pour qu'il pût admettre l'idée de
s'en séparer. Aussi, loin de favoriser ou de
nouer ces sortes de relations que cultivent

certains parents en vue d'alliances pour leurs enfants, il avait à peine consenti à ne pas rompre tout à fait avec les connaissances d'ancienne date. Ses filles avaient été fort peu dans le monde, et chaque fois que la beauté de Linda lui avait attiré quelques hommages particuliers, le baron avait pris une attitude si sévère que l'amoureux le moins timide aurait été découragé. Ses prétentions aristocratiques fort connues dans la contrée étaient de nature à décourager les prétendants qui auraient voulu obtenir la main de la belle Linda.

Celle-ci, jusqu'à ce jour, n'avait pas souffert de cette sorte de muraille élevée entre elle et des projets d'avenir, qui la faisaient ressembler à la princesse dont le palais était entouré par une haie d'épines. Heureuse d'une vie qui satisfaisait à la fois ses sentiments et son amour-propre, et dans laquelle ses facultés trouvaient leur emploi, elle n'avait pas souvent regardé en avant dans sa vie, mais, depuis qu'elle avait observé que son père n'était pas insensible aux avances pleines de coquetterie de sa tante, bien des pensées tristes et douloureuses se frayaient un chemin dans son esprit.

Un jour qu'elle rêvait à ces choses et à d'autres encore, en revenant d'une inspection de travaux dont son père l'avait chargée, elle entra dans un bois de hêtres et de sapins qui était à une certaine distance de la maison. Le temps était magnifique et l'air, chargé de senteurs printanières, avait un charme tout particulier. Linda n'y fut pas insensible, et se dit qu'ayant du temps à elle, elle pouvait en disposer pour jouir de cette journée de printemps. Elle se dirigea vers une allée située à l'extrémité du bois, laquelle, parce que le site lui plaisait particulièrement, avait été l'objet spécial des soins de son père et était appelée dans la famille le bosquet de Linda. L'allée était plantée de hêtres et d'ormes dont les branches épaisses retombaient jusqu'à terre. Au bout de l'allée, des sapins plantés très-serrés formaient comme un cabinet de verdure où se trouvait un banc rustique vis-à-vis duquel l'on voyait un rocher appartenant à une carrière qui s'étendait le long du bois de ce côté. De la roche brune aux teintes

grisâtres, sortait une petite source dont
l'eau de cristal donnait une admirable fraîcheur aux mousses et aux diverses plantes
qui y étendaient leurs feuillages différents.
Faisant face à l'allée, l'on avait une percée
sur une vaste prairie qui s'étendait à perte
de vue. C'était vraiment une retraite déli-
cieuse et telle qu'un poëte eut pu la désirer.
Mais Linda ne resta pas longtemps à écouter le chant des oiseaux et le murmure de
la source.

— Il faut que je rapporte quelques fleurs
à Frieda, se dit-elle, et, ôtant ses gants,
elle s'avança dans la prairie et se mit à
cueillir les pâquerettes, les violettes, les
myosotis et les muguets, qui croissaient
à ses pieds et sur la lisière du bois.

Elle était allée assez loin dans la prairie
quand, son bouquet devenant plus gros que
sa petite main ne pouvait le tenir, elle résolut de revenir. Elle s'aperçut alors qu'un
de ses gants lui manquait, et revint sur ses
pas pour le chercher. Quel fut son trouble
lorsqu'en relevant la tête, elle vit à quelques
pas d'elle l'étranger du bal, le prince Mericelli. Son trouble fut dominé par une joie

profonde, il faut le dire, en voyant l'expression du ravissement et d'une émotion passionnée sur le visage du jeune homme qui la considéra un moment en silence comme s'il avait eu une apparition céleste.

— Que je suis heureux, dit-il. Il s'inclina profondément et se tut.

Mais il n'y a rien de plus éloquent qu'un sentiment véritable, et les plus beaux compliments n'auront jamais le pouvoir et la valeur que peut avoir une seule parole lorsqu'elle est l'expression simple et vraie de ce qu'on éprouve.

Linda s'en voulait du trouble qu'elle ressentait et qui lui faisait perdre sa présence d'esprit habituelle, mais ce moment était si doux.

Le jeune homme, heureux de voir sur le visage de Linda une rougeur éclatante qui la rendait plus belle que jamais, dit avec un regard qui trahissait le sentiment qu'il éprouvait :

— Vous cherchiez quelque chose, mademoiselle. Voulez-vous bien me permettre de vous aider ! Peut-être serai-je assez heureux pour retrouver ce que vous avez perdu.

— C'est mon gant, monsieur, dit Linda, qui recouvra enfin la parole, et se mit à marcher comme pour lui indiquer les endroits de la prairie où elle avait été.

Mais il paraît que ni l'un ni l'autre n'était habile dans l'art de trouver, ou que le gant était si petit qu'on ne pouvait le voir; le fait est qu'une demi-heure se passa en recherches inutiles, et ce temps leur parut bien court à tous deux! Ils échangèrent quelques phrases d'un sens vague et indéterminé, mais le prince, sans prononcer le nom d'amour, ne dit pas une seule phrase qui ne fît comprendre à Linda la passion qu'elle lui avait inspirée. Enfin, il sut lui faire entendre que depuis le jour du bal, il avait vainement cherché à la rencontrer quelque part. La rougeur et le trouble que Linda ne réussissait pas à dissimuler, encourageait visiblement le jeune homme, qui avait cessé de chercher à terre pour marcher à côté de la jeune fille.

— Décidément, il faut que je renonce à ce gant, dit-elle avec une sorte de brusquerie qui n'était pas dans son caractère. Il faut que je retourne à la maison, et la rougeur éclatante qui couvrit son visage et se répandit jusque sur son cou, décela ses pensées et la confusion qu'elles avaient fait naître, plus encore que son regard baissé vers la terre.

— Oh ! mademoiselle, restez je vous en conjure ; je vais bientôt le trouver.

Il y avait l'accent d'une prière si ardente, si passionnée, dans ces paroles, que Linda, dont le cœur battait avec violence, resta ; mais, voulant se donner l'apparence de rompre l'entretien qu'elle avait avec un jeune homme inconnu, elle s'assit sur le banc en détournant la tête, comme pour éviter les regards du prince.

Un moment après il revint, tenant en main le joli petit gant, et s'avança lentement vers Linda. Arrivé devant elle, comme dominé par un sentiment irrésistible, il se jeta à ses genoux et lui tendit le gant qu'il venait de baiser. Linda, rougissante et rendue muette par son émotion, voulut remettre son gant, ne trouvant pas une parole à dire. Le jeune homme, enhardi par son trouble, saisit sa main tremblante qu'il couvrit de baisers passionnés.

Saisie subitement d'effroi à l'idée d'être vue par quelqu'un, Linda retira précipitamment sa main de celles du prince. Son mouvement fit tomber à terre le gant, le jeune homme s'en saisit et le serra sur son cœur.

— Cette fois-ci il m'appartient, dit-il, et il m'est un gage que je vous reverrai ici.

— Rendez-le-moi, monsieur, rendez-le-moi, dit Linda en faisant un mouvement pour reprendre le gant, tandis que le prince, toujours à genoux, cherchait en vain à ressaisir sa main.

— Vous ne voulez donc pas me laisser un souvenir de la seule heure de bonheur que j'ai eue dans ma vie?

L'accent, tout à l'heure si passionné, était maintenant si tendre, si suppliant, que Linda, vaincue encore une fois, inclina la tête et fit quelques pas en s'éloignant, laissant son gant dans les mains du prince.

— Adieu, dit-il, avec un regard plein de tristesse qui se grava profondément dans son souvenir.

— Adieu, dit-elle, presque à voix basse. Pauvre petit gant ! tu viens de jouer un grand rôle ! Que diras-tu en ne te retrouvant pas ce soir avec ton frère dans ton coffret parfumé ?

Linda, le cœur tremblant et ému, traversa lentement l'allée et il lui sembla, comme le jour du bal, qu'elle revenait dans la vie réelle, après avoir vécu dans un monde enchanté. Arrivée à l'issue de l'allée qui entrait dans le bois, elle se retourna et vit l'étranger à la place où elle l'avait laissé. Emue, ne sachant pour ainsi dire ce qu'elle faisait, elle s'arrêta une minute, lui fit un signe de la main et, honteuse d'elle-même, entra dans le bois qu'elle devait traverser pour revenir à la maison. Tout près d'y arriver, elle vit son père qui venait à sa rencontre, et pleine de confusion, elle eût voulu se cacher tant sa vue seule la fit rougir. Son père ne s'en aperçut pas, et lui fit des questions sur les travaux qu'elle avait été inspecter, questions auxquelles elle répondit avec suffisamment de présence d'esprit.

— Eh ! dit le baron en souriant et lui touchant légèrement le bras, par quelle raison est-ce que les blanches mains de ma fille sont sans gants ?

Heureusement que son chapeau de paille la couvrait suffisamment, car cette fois-ci, la confusion qui se peignait sur son visage n'aurait pas échappé aux yeux de son père.

— J'ai voulu cueillir des fleurs pour Frieda, et j'ai perdu un de mes gants.

— Quand ta provision sera épuisée, tu n'auras qu'à me le dire, ma chère enfant; tu sais que je suis ton pourvoyeur.

Il y avait une expression si affectueuse dans ces paroles, que Linda sentit une épine au cœur, et, après avoir murmuré un Merci papa, elle courut s'enfermer dans sa chambre.

V

Le lendemain, pendant toute la matinée, Linda disputa avec elle-même si elle irait ou non dans son endroit favori. Pour concilier ce qu'elle désirait, plus qu'elle n'aurait osé se l'avouer, avec sa conscience et sa fierté qui murmuraient toutes deux, elle se dit qu'elle irait, mais bien plus tard

qu'hier. Bien certainement elle ne *le* verrait pas. Elle ne voulait y aller que... parce
que c'était son endroit de prédilection.

Lorsqu'elle arriva au bout de l'allée, vers
les quatre heures, elle vit posé sur le banc
un gros bouquet de vergeissmeinicht. Elle
comprit ce qu'il voulait dire, et, doucement
émue, elle le prit et se promena un moment
dans la prairie, rappelant à son souvenir
la scène de la veille. En s'avançant du
côté du rocher, elle s'aperçut tout à coup
que des lettres y avaient été tracées avec
la pointe d'un couteau. Il y avait des chiffres entrelacés, et voyant G L ainsi que
G M, elle se demanda si le prince Mericelli s'appelait George, Gioachino ou Gaé-
tano. Ce dernier nom lui plaisant particulièrement, elle inclina fortement à penser
que c'était le sien. Enfin, au-dessous des
chiffres enlacés, à moitié cachées par les
branches de lierre qui retombaient dessus,
elle vit ces paroles de Dante : *Nessun ma-
gior dolore che riccordarsi della felicità nella
miseria.* Pauvre prince ! Comme il m'aime.
Je viendrai demain pour qu'il ait le bonheur
de me voir, se dit-elle, partagée entre son

orgueil satisfait de l'empire qu'elle exerçait déjà sur le cœur de celui qui l'aimait et le sentiment plus doux et essentiellement féminin qui rend le cœur heureux du bonheur qu'il peut donner.

— Demain, se dit-elle, quand il sera à mes pieds, je lui ferai entendre qu'il doit, avant toute chose, se présenter chez mon père, afin d'obtenir ma main. Pauvre père, que deviendra-t-il sans moi? Cependant, il ne pourra me refuser à un prince. La princesse Linda Mericelli! oh! cela sonne vraiment bien. Nous passerons les hivers en Italie, et, les étés, nous viendrons voir mon père. Mais comment faire pour qu'il se présente... Peut-être par ma tante qui reçoit tant de monde. Mais non... et Linda fronça sans le savoir les sourcils. — Non, non, elle est si coquette, ma tante! Ce n'est certes pas — et un sourire de dédain effleura ses lèvres — qu'en vérité ma tante puisse m'inspirer quelque crainte!.... Comme elle m'enviera, cette chère tante, quand elle me verra épouser un jeune prince, beau comme..... — Linda rougit comme si on l'entendait. — Et il m'aime, il n'y a pas à en douter, il m'adore.

Linda resta encore longtemps livrée à ses pensées et à ses souvenirs qui, en lui retraçant la scène de la veille, lui faisaient voir les yeux du prince exprimant l'amour le plus passionné. Elle emporta le bouquet de vergeissmeinicht sans penser à la manière dont l'étranger pourrait interpréter son action.

Le lendemain, le temps assez couvert faisait prévoir que la journée ne se passerait pas sans orage. Néanmoins Linda, après avoir mis un soin tout particulier à sa toilette toujours fort élégante, prit son panier à ouvrage qui lui donnait une sorte de contenance et se dirigea vers l'allée. Elle était réellement charmante, dans cette robe bleue qui dessinait si bien sa taille noble et gracieuse. A mesure qu'elle avançait dans l'allée, son cœur battait plus fort.

Trois semaines avant ce jour, on lui eût dit qu'elle irait à un rendez-vous donné par un jeune homme complétement inconnu à son père et dont elle connaissait à peine le nom, elle, la sage, la vertueuse, la fière Linda, elle aurait repoussé cette accusa-

tion comme la plus cruelle des injures.
Cependant, pour l'excuser et pour faire
comprendre la nature de ses impressions
et de ses sentiments, il est bon de ne pas
oublier une circonstance qui doit dimi-
nuer la sévérité avec laquelle on serait disposé à la juger. Jusqu'à ce jour, — et elle
venait de finir vingt-cinq ans, — elle avait
toujours vu sa beauté admirée dans le
monde; mais l'attitude de son père n'était
pas faite pour encourager ceux qui auraient
voulu lui adresser des hommages, elle n'a-
vait donc jamais reçu ces témoignages évi-
dents d'attention et d'admiration qui,
donnés fréquemment à une femme, lui ap-
prennent à faire une distinction entre
l'hommage rendu à ses charmes et le sentiment venant du cœur et tendant à toucher
le sien. De plus, il faut le dire, le trouble que
Linda n'avait pas su dissimuler au bal, celui encore plus facile à interpréter qu'elle
avait manifesté à la vue du prince, avait
enflammé la passion du jeune homme qui,
en montrant sans réserve ses sentiments,
n'avait pas cru offenser celle qui se montrait si sensible à son admiration. Linda,

aveuglée par son orgueil et par les impressions qui envahissaient son cœur, se
connaissait elle-même si peu que, en allant
à ce rendez-vous, elle s'imaginait faire
preuve de compassion envers celui qui l'a-
dorait et, forte de sa vertu, de sa sagesse et
de sa fierté, elle accomplissait avec sécurité
un acte qu'elle eût blâmé sévèrement chez
une autre femme.

Quant elle arriva au banc, en voyant que
le prince n'était pas là, elle éprouva un mouvement de dépit, car l'amour est toujours
plein de défiance chez une personne orgueilleuse qui, même dans ce sentiment le plus
exclusif de tous, ne peut jamais s'oublier
elle-même. Elle prit sa broderie en main,
afin de se donner l'apparence de n'être venue là que pour travailler, et, blessée d'a-
voir l'air d'attendre, elle résolut d'être aussi
froide et aussi fière que sa dignité pouvait le
réclamer. Mais elle n'eut pas le temps de
prendre beaucoup de résolution, car, au
moment où elle tournait la tête pour voir si
quelqu'un ne venait pas, elle vit le prince
dont le visage, en l'apercevant, sembla illu-
miné comme par un rayon de soleil. Il se

jeta à genoux devant elle et saisit avec émotion sa main qu'il porta à ses lèvres. Mais Linda, blessée de ce qu'il osait prendre un droit qu'il aurait dû solliciter comme une précieuse faveur, dit avec hauteur en retirant sa main :

— Levez-vous donc, monsieur, levez-vous. Vos manières ne me plaisent pas.

Le jeune homme leva sur elle un regard tellement triste qu'elle sentit son cœur ému. De plus, la voix de sa conscience lui fit entendre qu'elle montrait une sévérité qui aurait dû paraître à la première entrevue, et que le prince avait été autorisé à donner libre carrière à son amour par la faiblesse et la complaisance avec laquelle elle en avait reçu les premiers témoignages. Honteuse de sa conduite de l'autre jour, regrettant les paroles qui lui étaient échappées, elle baissa la tête avec confusion sans pouvoir proférer un mot. Le prince qui, le matin, n'avait pas retrouvé le bouquet qu'il avait la veille posé sur le banc, devait naturellement voir dans ce fait la confirmation des espérances que lui avait fait concevoir la conduite de Linda à la première entrevue.

Ne sachant maintenant que penser, qu'espérer, il se tenait à distance, et regardait la jeune fille dans un sombre silence.

Elle leva enfin les yeux sur lui, et ce regard était si tendre qu'emporté par ses sentiments, il se précipita à ses genoux, et cette fois-ci, Linda, avec un mouvement plein de grâce, lui abandonna les mains qu'il porta à ses lèvres avec une ardeur passionnée.

— Jamais, vous ne pourrez savoir combien, combien je vous aime, et, après cet aveu, il courba la tête devant elle, semblant attendre l'arrêt qui devait décider de son sort...

— Eh bien, murmura Linda, d'une voix à peine intelligible, parlez à mon père.

— Votre père ! — et un sombre nuage sembla couvrir le visage du prince, jamais il ne vous donnerait à moi.

— Et pourquoi? dit Linda, partagée entre la curiosité et une sorte de terreur involontaire.

— Pourquoi? — plus tard... plus tard... je vous le dirai... mais c'est à vous, — c'est à votre cœur que je m'adresse. Pouvez-vous m'aimer? pouvez-vous m'aimer un peu, pouvez-vous donner votre main à celui qui donnerait, pour vous rendre heureuse, mille vies s'il les avait?

Linda émue, tremblante, restait silencieuse.

— Ayez pitié de moi, dites un seul mot, un seul mot, et vous me rendrez heureux.

Le ciel qui avait été très-couvert devint subitement presque noir, et le grondement du tonnerre se fit entendre dans le lointain.

— Bientôt je devrai vous quitter, ne me laissez pas partir sans quelque espérance. Puis-je vous écrire?

Dans ce moment, Linda crut entendre de loin la voix de son père.

Eperdue de frayeur, elle se leva précipitamment pour s'enfuir. Mon père! dit-elle, il m'appelle.

— Puis-je vous écrire? dit le prince, d'une voix brève qui était presque impérative.

— Oui, oui, dit elle, sans presque savoir ce qu'elle disait, et elle s'enfuit.

Il en était temps. A l'entrée de l'allée de larges gouttes de pluie commencèrent à tomber, et, à quelques pas de là, elle rencontra son père qui n'avait voulu s'en remettre à personne du soin de lui apporter un parapluie et un manteau.

— Mais, ma chère enfant, dit-il, comment te laisser surprendre par cette averse; on pouvait la prévoir depuis ce matin.

— Mon père, vous êtes bien bon, je vous remercie.

Ce furent les seules paroles qu'elle put prononcer, tant ce témoignage de l'affection de son père lui faisait de mal dans ce moment. Elle fut heureuse de pouvoir se retirer dans sa chambre sous le prétexte de changer de toilette, afin de réfléchir à ce qui avait eu lieu, et le reste de la journée lui parut un véritable supplice, obligée qu'elle était de vaquer à ses occupations habituelles, tandis que son esprit, en se rappelant ce qui s'était passé, se représentait avec inquiétude la lettre qu'elle devait recevoir. Que devait lui apprendre cette lettre?

VI

Le lendemain, le temps était sombre et pluvieux, cependant Linda qui n'avait pourtant guère dormi, était levée de bonne heure, dans l'attente de la lettre qu'elle pensait recevoir dans la journée. Elle avait eu de tout temps la charge d'expédier, dans le portefeuille fermé à clef, les lettres de la maison qu'un domestique portait tous les jours en ville, tandis qu'un employé de la poste lui en remettait un autre qui contenait les lettres et les journaux pour la famille. Elle n'avait donc point d'inquiétude à avoir du côté de son père ou des domestiques, mais par malheur Olga se trouvait dans sa chambre lorsqu'on apporta le portefeuille, or, elle était fort curieuse, comme le sont presque toujours les personnes à imagination vive et inquiète. Afin de trouver un prétexte pour éloigner Olga, il fallait mentir, ce que Linda n'avait encore jamais fait jusqu'à ce jour.

Elle détourna son visage qui était couvert d'une pénible rougeur, et dit, non sans un peu d'hésitation :

— Olgette, fais-moi le plaisir d'aller me chercher la clef du portefeuille; je l'ai laissée hier au salon sur la console de gauche.

A peine Olga était-elle sortie, que Linda, tirant la clef du tiroir où elle la serrait habituellement, ouvrit précipitamment le portefeuille, et, après en avoir retiré différents papiers à l'adresse de son père, elle trouva au fond une petite lettre dont l'adresse, écrite d'une main qu'elle ne connaissait pas encore, fit battre son cœur. L'ayant cachée dans sa poche, elle courut à la porte de sa chambre.

— Olga, Olga, ma chérie, ne cherche pas plus longtemps; j'ai trouvé la clef; je suis bien fâchée de t'avoir donné de la peine inutilement. Tiens, vas, je te prie, porter ces lettres et ces journaux à papa.

— Il n'y a pas de lettres pour moi et le *Journal des Demoiselles* n'est pas arrivé, dit Olga désappointée. — Et toi, as-tu une lettre?

— Non, dit Linda qui trouva plus facile de mentir pour la seconde fois.

Dès qu'Olga fut sortie, elle ferma doucement la porte à clef, afin de lire en toute liberté cette lettre qui lui semblait brûlante dans sa poche.

Enfin elle l'ouvrit! Elle était courte et avait dû être écrite la veille au soir, en revenant du rendez-vous.

« Vous m'avez permis de vous écrire. Merci pour cette faveur qui m'est une consolation après la douleur que j'ai éprouvée en étant obligé de vous quitter. Oh! laissez-moi espérer, par pitié, laissez-moi espérer qu'un jour vous serez touchée de mon amour, et que vous m'accorderez cette main qui peut seule me donner le bonheur dans ce monde. Personne ne peut vous aimer plus que moi qui, pour vous assurer un moment de plaisir, serais trop heureux de sacrifier ma vie. Pardonnez à ma passion sincère, et laissez moi vous l'exprimer de vive voix. Oh! venez, je vous en supplie, si vous ne voulez pas me réduire au désespoir, venez au premier beau jour à cet endroit qui est pour moi le plus charmant de la terre, puisque c'est là que, pour la première fois, j'ai eu le bonheur de vous parler.

Viendrez-vous ?

« Gustave MULLER. »

— Gustave Müller ! Ce n'est pas un prince, et Linda rouge d'indignation et de colère se leva tout d'une pièce et, froissant avec dépit la lettre dans les mains, elle se mit à marcher à grands pas. Elle regarda encore une fois la malencontreuse signature, voulant croire qu'elle s'était trompée, mais, non, il n'y avait pas à s'y méprendre, l'écriture était si nette et si lisible qu'elle ne prêtait à aucune erreur possible.

Gustave Müller ! En vérité, voilà un brillant parti pour Linda d'Althof ! Il se rend justice du moins, en disant que mon père n'y consentirait pas ! Comme j'ai eu le bonheur de lui plaire, il compte, par l'effet de ses grâces bourgeoises et de ses beaux sentiments à la Werther, me séduire, m'enlever, m'épouser clandestinement et m'emmener avec lui, vendre peut-être du savon ou de la chandelle. Ah ! ah ! quel bel avenir!... et le rire ironique qui plissait les lèvres de Linda était tel qu'une rivale eût pu le souhaiter pour l'enlaidir.

Bientôt cependant au changement qui s'opéra sur sa physionomie, l'on eût pu deviner que des sentiments plus doux, plus réfléchis, avaient pris le dessus sur l'orgueil et la fierté.

— Hélas! se dit-elle, cachant sa tête dans les mains, comme pour se dérober à elle-même, que doit-il penser de moi? Quelle opinion peut-il avoir de moi, d'après la manière dont je me suis conduite vis-à-vis de lui... si je dis non, n'aura-t-il pas le droit de croire et de raconter qu'il a eu une intrigue avec Mlle d'Althof, et qu'après n'avoir pas craint de me compromettre pour encourager l'amour du prince Mericelli, je n'accepte pas celui de M. Müller. Oh! quelle humiliation, quelle honte! S'il parle et agit avec tant de liberté, n'est-ce pas parce que je lui ai donné lieu de croire que... que... Ah! grands dieux!... et Linda devint pourpre. Pourquoi est-il si bien que, lorsque je le vois... j'oublie ce que je dois faire. Hélas! que je suis malheureuse... Ne plus le revoir! Personne encore, personne ne m'a aimé comme lui. Mon père m'aime, mais... — et dans ce moment son visage exprima autant de mélancolie que tout à l'heure il exprimait de fierté — au premier jour peut-être, il épousera cette femme qui prendra le nom de ma mère, qui usurpera ma place dans la maison. Et moi que deviendrai-je? Après m'être dévouée toute ma vie à mon père, à mes sœurs, à vingt-cinq ans, commencer le rôle d'une petite fille devant sa belle-mère! Puis, une fois arrivée à son but, celle-ci ne sera pas aussi affectueuse qu'elle le paraît maintenant. Elle sera jalouse de l'affection que mon père a pour moi et, fausse et doucereuse comme elle l'est, il lui sera facile de l'indisposer contre moi et de faire croire à mes sœurs tout ce qu'elle voudra. Voilà comment je serai récompensée de tant d'années de soins et de dévouement!...

Elle avait certainement fait preuve de dévouement, mais avait-elle eu de l'abnégation? Non, en vérité. Jamais elle n'avait pu se perdre de vue elle-même, dans les occasions où elle semblait le plus occupée des au-

tres. Elle ne se rendait pas compte que, lorsqu'elle cherchait, par ses soins intelligents et
bien entendus, à rendre le foyer domestique
aussi agréable que possible à son père, c'é-
tait principalement, sans se l'avouer, pour
se faire honneur à elle-même et pour éviter
le désagrément d'avoir une belle-mère. Si
on lui eût demandé de consentir à partager avec ses sœurs les occupations et les
priviléges de sa position dans la maison,
franche et loyale comme elle l'avait été jusqu'à ce jour, elle aurait répondu non et
cela l'eût peut-être éclairée sur la nature
réelle de ce qu'elle croyait être du dévouement et qui n'était autre chose que la satisfaction donnée à son besoin d'activité.

Mais, jamais encore, elle ne s'était posé
cette question; le premier effet d'un grand
orgueil n'est-il pas d'aveugler le jugement?
Elle ne s'était pas demandé si, en laissant
ses jeunes sœurs dans une sorte d'oisive
infériorité, elle ne se rendait pas grande-
ment coupable envers elles, tout en croyant
être la sœur la plus dévouée. Intelligente
comme elle l'était, elle eût bien vite compris qu'en initiant Olga aux soins du mé-

nage et de la direction d'une maison, elle
eût peut-être contribué à fonder son bonheur futur en l'habituant à appliquer, à
des questions de la vie pratique, cette vivacité d'intelligence qui, repliée sur elle-
même, pouvait faire son malheur. Elle eût
compris qu'en s'associant Louise dans l'accomplissement des devoirs de chaque jour,
celle-ci eût appris à porter son dévouement
et son intelligence sur toute chose et non
pas seulement sur celles qui lui plaisaient.

VII

Pendant les premières années de la Res-
tauration, vivait à Dresde un musicien italien qui jouissait d'une très-grande vogue
et qui, maître de chapelle de la musique
royale, était de plus le maître de chant
de tout le grand monde aristocratique.
Il s'appelait le signor Scanderini. Il avait
eu dans sa jeunesse la voix de ténor la
plus remarquable de l'époque et, avec une
figure charmante et une taille des plus

élégantes, il n'avait tenu qu'à lui de chanter et soupirer le rôle d'amoureux sur les premiers théâtres de l'Europe, mais, détourné de la carrière théâtrale par les principes religieux de ses parents, il s'était borné à se faire entendre dans les concerts où il faisait fureur, et l'on racontait, sur son compte, différentes petites aventures qui prouvaient que les avantages qu'il avait reçus de la nature lui avaient valu plus d'une bonne fortune.

Cette vie, quelque peu accidentée, s'était terminée par un mariage très-romanesque. Dans une tournée artistique qu'il avait faite à Vienne, il était devenu épris et s'était fait aimer passionnément d'une jeune comtesse hongroise à laquelle il avait donné des leçons de chant. Il l'avait enlevée et épousée secrètement et, pour fuir les poursuites de la famille de la jeune personne, ils étaient venus s'établir à Dresde où le signor Scanderini, grâce à ses talents, s'était créé, au bout de quelques années, une position honorable et lucrative. Il avait eu plusieurs enfants qui étaient morts en bas âge, et peu de temps après la naissance de sa dernière fille, Emilia, il avait perdu sa femme. Il ne put jamais se consoler de la perte de celle qui avait été, tout à la fois, sa muse inspiratrice et l'ange de son foyer, et s'il ne succomba pas à sa douleur, il le dut à sa fille, sur laquelle il reporta toutes ses affections. Il lui donna l'éducation la plus soignée et cultiva, avec le plus grand soin, la voix admirable qu'elle avait reçue de la nature. Sa beauté était si remarquable qu'elle lui attirait de nombreux hommages.

Nous avons dit que le signor Scanderini était le maître de musique de toute la société aristocratique de Dresde. Au nombre de ses élèves les plus assidus, était le jeune baron Ferdinand d'Althof. Il ne put voir longtemps la belle Emilia sans en devenir passionnément épris. S'étant assuré qu'elle répondait à son sentiment et faisant taire ses préjugés de caste, il la demanda en mariage à son père. Celui-ci, fier et heureux d'une alliance qui surpassait toutes ses espérances, y donna son consentement et le mariage fut fixé à trois mois de là. Le grand'oncle de M. d'Althof, ayant appris les projets formés sans le consulter, et frémissant de colère à la pensée de voir son neveu contracter une semblable union, usa de tous les moyens possibles pour persuader au jeune homme que son avenir serait à tout jamais brisé s'il épousait la fille du musicien. Peu de jours avant celui qui avait été fixé pour le mariage, la pauvre Emilia reçut pour la dernière fois la visite de son fiancé qui vint lui rendre sa parole sans même paraître sentir la gravité du coup qu'il venait frapper avec une si cruelle légèreté. Emilia ne prononça pas une parole, mais son âme, dans laquelle se confondaient la passion italienne et la tendresse mélancolique des races slaves, ne sut pas oublier. Quelque temps encore, ne pouvant croire à la déloyauté de celui qu'elle avait tant aimé, parce' qu'elle le croyait au-dessus des autres hommes, elle espéra en son amour et crut qu'il reviendrait, mais six mois ne s'étaient pas écoulés lorsqu'elle apprit la nouvelle de son mariage. Dans son chagrin elle se serait réfugiée dans un couvent si elle n'avait été retenue par la pensée de l'isolement auquel son père eût été condamné. Pour lui obéir, elle consentit, deux ans après le mariage de M. d'Althof, à épouser un jeune homme qui, pendant longtemps, l'avait aimée sans espoir. Charles Müller, c'était son nom, principal commis dans une maison de commerce, était un garçon laborieux, rangé et honnête, qui, s'il ne possédait aucune des qualités idéales que la pauvre Emilia avait cru trouver dans son premier fiancé, ne la rendit pas malheureuse. Une année après son mariage, elle eut un fils qui devint l'unique objet de sa sollicitude et de sa tendresse. Le petit Gustave n'avait que trois ans lorsqu'il perdit son père. La jolie veuve reçut de nombreuses demandes en mariage, mais, voulant se consacrer uniquement à son père et à son enfant, elle évinça poliment tous les prétendants. Elle n'épargna rien pour donner une bonne éducation à son fils qui annonçait les plus heureuses dispositions et récompensait son dévouement par une tendresse sans bornes. Son caractère étrange et intéressant portait l'empreinte des races différentes auxquelles il appartenait. Tendre et rêveur, passionné et ardent, il possédait aussi, au plus haut degré, cette sorte de ténacité persévérante et de droiture native qui appartient si essentiellement à la race germanique. Après avoir fait ses études avec succès, il entra, pour apprendre le commerce, dans la même maison où son père avait été employé.

Il avait dix-huit ans lorsqu'il perdit sa mère, et son désespoir fut tel qu'on craignit pour sa vie. Son grand'père, dont il restait l'unique consolation, le conduisit, d'après le conseil des médecins, en Italie où, sa santé s'étant peu à peu rétablie, il fut employé dans une maison de commerce correspondante de celle où il avait fait ses débuts. Deux ans après, le vieux Scanderini, qui avait trouvé un adoucissement à ses chagrins en revoyant sa chère Italie, mourut à Florence, et Gustave se trouva seul au monde. Il passa trois années encore dans différentes villes d'Italie comme agent de la maison dont le patron était son tuteur. Il avait vingt-trois ans lorsque, pris d'un désir extrême de revoir l'Allemagne, il se trouva très-heureux d'être envoyé à B. pour les intérêts de la maison de Florence. Il y fit quelques connaissances, grâce aux

lettres de recommandation que lui avait
données un jeune homme qu'il avait connu
à Florence, le baron Félix de Herven. Celui-ci était un parent éloigné du baron
d'Althof, et lui avait souvent parlé de ses
cousines et tout particulièrement de Linda,
pour laquelle il professait une sorte de culte,
elle était, selon lui, le type idéal de toutes les perfections féminines. Ce n'était qu'a-
près la mort de sa mère que Gustave avait
appris de son père les torts qu'avait eus
M. d'Althof envers elle, et il portait une véritable haine à celui qui avait pu faire souffrir cette mère qu'il avait tant aimée. Lors
de son premier voyage à Rome, avant qu'il
eût connu Félix de Herven, une bohémienne,
à laquelle par curiosité il avait donné sa main
à examiner, lui avait prédit qu'une personne
dont le nom commencerait par un L, aurait
la plus grande influence sur sa vie. A l'âge
où l'on attribue toutes les influences à l'a-
mour, Gustave, superstitieux comme le
sont toutes les natures impressionnables, se
demandait si l'ange de ses rêves s'appellerait
Lucie, Laure, Louise ou Léonie. Lorsque
Félix lui parla de sa belle cousine, le nom

de Linda le frappa presque autant que la description des qualités et des charmes de Linda. Quand il la vit pour la première fois au bal et que sa beauté fit sur lui une impression extraordinaire, il ignorait qui elle était. Lorsqu'après avoir dansé avec elle, il apprit qu'elle s'appelait Linda d'Althof, il se dit qu'il ferait tout au monde afin qu'elle devînt sa femme. Ceux qui veulent nier la possibilité de passions profondes nées subitement, ne tiennent pas compte de circonstances qui, minimes en apparence, jouent dans l'amour un rôle plus important qu'on ne pense. Le jour où Gustave écrivit à Linda, il eût pu lui dire, car il le pensait : « Mon passé, mon présent, mon avenir, ma vie, tout, tout est dans mon amour. »

VIII

Bien des jours encore, la pluie, en ne cessant pas de tomber, ne permit pas de sortir, et pendant ce temps, Linda se fortifia dans la résolution de refuser la proposition de

mariage que lui avait faite Gustave, mais,
se disait-elle, je lui donnerai moi-même la
réponse, afin d'adoucir, par mes manières,
ce que le refus pourrait avoir de blessant,
car ... il m'aime, ... et, ... et puis je mon-
trerai tant de dignité et de fierté, qu'il
devra penser ... qu'il s'était trompé ...
quand ... Le temps finit par redevenir
beau, et un matin, en s'éveillant, Linda vit
paraître le soleil plus brillant que jamais.
Je le verrai aujourd'hui pour la dernière fois,
dit-elle sans pouvoir retenir un soupir. Et
cette pensée la rendit triste et rêveuse.

Dans le portefeuille aux lettres, elle en
trouva une de Gustave qui la suppliait de
se trouver au rendez-vous, et une de sa
tante Emma, adressée à son père. Lorsqu'elle l'eut remise au baron, celui-ci, après
s'être promené un moment en silence, dit
avec une légère nuance d'embarras qui n'é-
chappa nullement à son regard perspicace.

— Comme j'ai aujourd'hui beaucoup d'affaires en ville, je ne reviendrai pas pour le
dîner ; je dînerai chez ta tante, et ne sachant
pas à quelle heure j'aurai fini, je prendrai
sa voiture pour revenir.

— Très-bien, cher papa, dit Linda dissimulant la double inquiétude qu'elle éprouva, en pensant aux menées de sa tante et à la possibilité qu'elle connût Gustave et sa liaison avec elle. A dîner, ses trois sœurs exprimèrent le désir de faire une visite à Mme Siebel et de passer l'après-dînée chez elle. Linda, fort contente de ce projet qui venait favoriser l'exécution des siens, commanda la voiture immédiatement, et, dès que ses sœurs furent parties, elle courut à sa chambre, voulant attendre encore, avant d'aller au rendez-vous. Son cœur, qui était fort triste depuis le matin, s'était encore gonflé en observant l'empressement plein de gaieté qu'avait montré son père en partant pour la ville, et il faut en convenir, les pensées que sa tristesse lui avait inspirées n'avaient pas nui à Gustave. Tout, se disait-elle, tout plutôt que de me trouver sous la tutelle d'une belle-mère, de ma tante surtout, et au surplus pourquoi tant m'effrayer de ce nom de Müller? Pourquoi croire qu'il est marchand. Qui sait? peut-être est-ce un artiste, un poëte! Il a le front, il a les yeux d'un poëte, je suis sûre

qu'il l'est. Quand je connaîtrai positive-
ment sa situation, je le déterminerai à
s'adresser à mon père, et alors pourquoi
pas?... L'on admirera la noblesse de mes
sentiments qui me fera donner la préférence
au talent sur la naissance. Je serai sa muse !
Mon nom passera à la postérité comme étant
celui de la beauté qui l'inspira. Qui sait, du
reste, si, avec le nom de Müller, il n'a pas encore le nom d'une terre. Il y a, je m'en souviens bien, mon père les a connus à Dresde,
les Müller d'Halberstedt. S'il était un de
ceux-là ?... Avec cette figure si noble et cet
air si imposant malgré sa jeunesse, il est
impossible, tout à fait impossible qu'il soit
de naissance roturière. Linda Müller d'Halberstedt !... Cela ne sonne pas trop mal.
Comme je vais le rendre heureux en donnant l'espérance de pouvoir un jour m'é-
pouser .. et Linda, tout en pensant à cela
et à d'autres choses, se dirigea vers sa
glace et soumit encore une fois sa toilette
à un examen attentif. Elle changea plusieurs fois la position d'un nœud avant
d'en être tout à fait satisfaite, puis elle
posa coquettement son chapeau de paille

sur la tête et resta quelques moments à
se considérer dans la glace ; se souriant
à elle-même, elle s'oublia une minute pour
penser à la joie de Gustave lorsqu'elle dai-
gnerait faire briller sur lui la lumière d'un
regard.— Pauvre garçon, il m'adore ! Mais,
voyons, quelle heure est-il ? et elle regarda
à sa montre, puis, se laissant aller à un
instinct de coquetterie : Oh ! il peut encore
attendre un quart d'heure. Je crois que l'attente le rendra d'autant plus heureux quand
j'apparaîtrai. En attendant, je peux toujours
mettre ces comptes en règle, et elle s'assit
devant sa table à écrire. Au bout d'un
moment elle froissa avec colère deux fac-
tures jointes à un grand nombre d'autres
qu'elle venait de parcourir. Ses traits subi-
rent une altération soudaine qui en déna-
tura les lignes harmonieuses. — Non, c'est
impossible, dit-elle à demi-voix. Qu'avait-
elle donc vu sur ces malencontreux papiers ?
Sur l'un d'eux, un compte de sellerie était
écrit : Pour acquit, *Charles Müller*. Sur
l'autre, une facture de l'épicier était signée:
Anna Müller.

M'appeler comme ces gens-là, m'appeler

comme tout le monde! et le sourire ironique qui plissait les lèvres de Linda prouvait,
à quel point, porter un nom vulgaire lui semblait chose impossible. Elle regarda à sa
montre. Elle soupira en voyant qu'il y avait
encore dix minutes à attendre, mais se
sentant incapable de s'occuper de comptes
quand son âme était agitée par tant de sentiments contraires, elle les jeta précipitamment dans un tiroir, et se mit à marcher
à grands pas. — Je n'ai plus aucune in-
décision, pensa-t-elle ne pouvant réprimer
un soupir. En admettant même, que mon
père pût consentir à une pareille mésalliance, ce qui est impossible, moi je n'y
consentirai jamais. M'appeler Mme Müller.
Fi! quelle horreur! Plutôt mourir. — Mlle de
Lengefeld épousa Schiller, c'est vrai, mais,
— d'abord les Lengefeld, bah! n'étaient pas
de très-ancienne noblesse, — et puis, indé-
pendamment de la réputation qu'il avait
déjà en se mariant, Schiller n'est pas un
nom si odieusement vulgaire comme ce
nom de Müller que je ne peux pas souffrir, car il est si commun! Ainsi donc,
cela est bien décidé, je lui dirai : non.

Elle regarda à sa montre. Encore sept minutes. Dans ce moment, une faible voix murmura : Si tu es vraiment décidée à refuser Gustave, écris-lui une lettre, plutôt que d'aller à ce rendez-vous. Es-tu bien sûre de toi-même ? Mais Linda fit taire cette voix importune, avec le mépris que méritaient des paroles si impertinentes. Oh! se dit-elle en souriant dédaigneusement, il n'y a pas de danger pour moi. Ma fierté est là pour me défendre contre — contre quoi ? et ses sourcils, se fronçant fortement, semblèrent annoncer qu'il se livrait un combat dans son cœur.

Ce fut avec le sentiment d'une complète assurance d'elle-même, que Linda se dirigea vers le lieu du rendez-vous, et quand, elle en revint, elle était, oui, elle était la fiancée de Gustave Müller; elle lui avait promis de devenir sa femme dès qu'il aurait fixé sa position d'une façon tout-à-fait stable. Il avait obtenu d'elle une boucle de ses cheveux, et il lui avait mis au doigt une bague qu'en rentrant à la maison elle avait prestement cachée dans son corsage; elle la regardait dans ce moment, comme pour être bien assurée que ce qui s'était passé n'était pas un rêve. Comment cela avait-il pu se faire? Comment? Dieu abandonne à leur propre faiblesse ceux qui, se croyant sûrs d'eux-mêmes, vont au-devant du danger.

Dans cette entrevue, Gustave lui avait parlé avec une entière franchise de sa position, de sa fortune, des chances qu'il avait de voir celle-ci s'augmenter avec les années. Lorsqu'elle lui avait fait entendre combien il lui en coûtait de faire ce mariage contre la volonté et à l'insu de son père, il avait répondu, avec toute l'impétuosité de la passion, que leur mariage deviendrait impossible du moment que son père en serait instruit et que pour lui, c'était une question de vie ou de mort. Il eut cependant la délicatesse de s'abstenir de faire allusion à la conduite peu loyale du baron d'Althof, vis-à-vis de sa mère. Linda, complétement dominée par ce caractère énergique et passionné, consentit à une correspondance qui devait apporter quelque adoucissement aux jours d'absence. Quand il lui dit son âge, et qu'elle lui objecta qu'elle était plus âgée que lui, il l'interrompit en lui prodiguant les expressions les plus vives d'un ardent amour et d'une admiration passionnée.

Revenue à la maison, elle était encore dans sa chambre à réfléchir à ce qui venait de se passer, quand elle vit, par la fenêtre, son père qui revenait. Habituée comme elle l'était à lire sur sa physionomie, elle fut troublée en remarquant qu'il avait un air soucieux. Elle comprimait avec peine les battements de son cœur quand, quelques minutes après, son père frappa à sa porte. Elle alla lui ouvrir, se sentant à peine la force de prononcer une parole, mais la tendresse de son accueil la rassura bientôt.

— Je viens, lui dit-il, d'avoir une longue conférence, au sujet de Frieda, avec les trois médecins qui sont venus la voir la semaine passée, et ils sont tous d'accord que les bains de Marienbad seraient ce qu'il y aurait de mieux pour le moment. J'ai donc pris mon parti et, d'après l'avis de Siebel qui pense que le plus tôt serait le mieux, j'ai déjà pris mes dispositions pour partir dans huit à dix jours. Je prendrai Louise avec moi, pour tenir compagnie à Frieda, et Marguerite pour les soigner toutes deux. Je te prie donc,

ma chère enfant, de préparer, pour tes deux
sœurs, tout ce qui peut leur être nécessaire,
car je ne voudrais pas tarder.

— Sitôt? dit Linda dont les idées erraient
dans une autre sphère.

— Pourquoi pas, dit le baron; du moment que cela doit lui être salutaire, on ne
saurait le faire assez tôt. Et puis je tiens à
être de retour pour le temps des moissons.

— Et pourquoi n'emmèneriez-vous pas
aussi Olga? dit Linda qui, il faut le dire, dans
ce moment, pensait moins à l'agrément d'é-
chapper à son contrôle un peu indiscret
qu'au bien et au plaisir qui aurait pu en résulter pour Olga.

— Mais à quoi penses-tu? mon enfant,
dit M. d'Althof avec humeur. Olga, comme
tu le sais, n'a pas le talent de se rendre
utile et, en voyage, serait un embarras
de plus. Du reste, cette cure me coûtera
cher, et une personne de plus n'est pas une
bagatelle. La bonne Siebel viendra s'instal-
ler ici avec son enfant et vous tiendra compagnie à toutes deux.

Le père et la fille s'entretinrent de ce projet jusqu'au moment où les jeunes filles,

étant revenues, reçurent communication de la nouvelle. Frieda et Louise furent enchantées de la perspective d'un voyage, et la pauvre Olga assez triste de rester à la maison; mais Linda, pour la consoler, lui fit entendre qu'elle saurait lui faire passer ce temps agréablement.

Linda, en informant Gustave des circonstances qui l'empêchaient de se rendre à l'endroit habituel, sut calmer son impatience en lui faisant entendre que, après le départ de son père, il leur serait plus facile de se voir.

Deux jours avant celui qui était fixé pour le départ, M. d'Althof avec ses trois filles aînées revenaient de l'office divin auquel ils venaient d'assister dans la petite église du village. Linda, après avoir longtemps prié, croyait avoir le courage de tout avouer à son père, et, sous cette impression qui la faisait apparaître à ses propres yeux comme une sainte et une martyre, elle restait silencieuse.

— Regardez donc, papa, quel beau jeune homme, dit Olga en se penchant avec vivacité par la portière. C'est certainement un Italien, et je suis sûre que c'est un prince, il a un air si noble !

— C'est ma foi vrai, dit le baron en fixant son lorgnon sur un jeune homme qui passait, non loin de la voiture, sans oser saluer ou même regarder celle qu'il voyait des yeux de son esprit. Il est très-beau, ce garçon-là; mais, mademoiselle ma fille, ne vous enthousiasmez pas ainsi pour le premier venu, car, après tout, ce fameux prince pourrait bien n'être qu'un Müller ou un Schmidt. — Et, heureux et fier de n'être ni un Müller, ni un Schmidt, le baron se rejeta avec complaisance sur les coussins de la voiture.

Linda, pour cacher la rougeur qui était montée à son visage aux paroles d'Olga, s'était penchée à l'autre portière. En écoutant les paroles de son père, elle devint aussi blanche que le mouchoir de batiste qu'elle tenait devant la bouche pour se donner une contenance.

— Hélas! se dit-elle, il est impossible d'en rien dire à mon père. Pourtant je suis maintenant engagée avec Gustave, et ce serait manquer à ma parole envers lui que de faire une démarche qui aboutirait à la rupture de notre liaison et m'aliénerait mon père pour toujours. Pourquoi est-il si beau? Quand on parlera ensuite de ce mariage, l'on dira que j'ai épousé M. Müller parce qu'il était beau garçon. Oh! quelle humiliation? Pourquoi l'ai-je connu?

Dans l'après-dînée, la comtesse de Vernerode vint à Neuhof faire ses adieux, et il sembla à Linda que le baron était plus empressé que jamais envers sa belle-sœur.

Celle-ci, qui savait très-bien que M. d'Althof, sans s'en donner l'air, aimait beaucoup à être mis au fait de toutes les petites nouvelles de la ville, ne venait jamais lui faire visite sans être pourvue de petits commérages de société.

— Avez-vous entendu parler, dit-elle, du singulier mariage que le chambellan Dreidamnitz fait faire à sa fille? On ne l'explique dans la société que par le désordre des affaires du chambellan, qui lui a fait conclure cette affaire dont la pauvre Julie est la victime.

— Qui donc épouse-t-elle?

— Le baron de Grünhom, qui est riche

à millions et a des propriétés considérables en Hongrie, mais qui a le petit inconvénient d'être épileptique au plus haut degré.

— Epileptique ! Quelle indignité, s'écria M. d'Althof. Pauvre fille ! Jamais je n'aurais soupçonné Dreidamnitz d'une conduite aussi basse.

Ces paroles furent comme du baume sur le cœur de Linda. Ce soir, pensa-t-elle, je lui dirai tout, il verra que M. Müller est un meilleur parti qu'un magnat épileptique.

Pauvre Linda ! ses résolutions n'eurent pas une longue durée.

-- Savez-vous, reprit la comtesse un moment après, que l'on parle du mariage de Mlle de Brockevitz avec le prince Mericelli, qui en est extrêmement épris.

— Elle est charmante, dit le baron, mais elle a au moins six ans de plus que lui ; ce mariage est donc une véritable folie, et toute femme qui épouse un homme plus jeune qu'elle fait une sottise dont elle se repent tôt ou tard. Je suis si convaincu de cela, que jamais je ne permettrai à une de mes filles d'épouser un homme qui n'aurait pas au moins cinq à six ans de plus qu'elle.

Heureusement que Linda avait le visage tourné vers la fenêtre, et que personne ne put voir la pâleur qui se répandit sur ses traits en entendant les paroles de son père.

C'est fini, maintenant, pensa-t-elle. Il ne le saura pas.

IX

Pendant l'absence de son père, Linda eut de nombreux rendez-vous avec Gustave, sans que l'ombre d'un soupçon vînt seulement effleurer l'âme candide de Mme Siebel. Il y a des gens qui sont complétement incapables de deviner ou de voir, chez les autres, ce qu'ils ne sont pas susceptibles d'éprouver ou de penser eux-mêmes ; or, la bonne Mme Siebel était de ce nombre, et il ne lui vint jamais à l'esprit de s'étonner des longues absences de Linda ou de s'enquérir de quelle manière elle passait ses après-dînées. Celle-ci, du reste, mettait de la prudence dans ses démarches et avait, en peu de temps, fait des progrès remarquables dans la dissimulation. Comme elle avait été souvent chargée par son père de la surveillance de certains travaux ruraux, il semblait naturel, soit à Mme Siebel, soit à Olga ou aux domestiques, qu'en l'absence du baron elle fût plus souvent hors de la maison. Elle fit quelques courses en ville, afin de faire des acquisitions destinées à son trousseau, car, en devenant, à l'insu et contre la volonté de son père, la femme d'un homme plus riche qu'elle, elle tenait à posséder un peu d'argenterie et à entrer en ménage étant pourvue de toute chose, et comme, depuis plusieurs années, elle avait la jouissance de la fortune laissée par sa mère, ses économies étaient assez considérables.

Son père lui donnait, dans ses lettres, les détails les plus satisfaisants sur la santé de Frieda, et se montrait très-content d'avoir rencontré à Marienbad des anciennes relations. Le temps de son absence, qui avait semblé passer si vite à Gustave, venait de s'écouler, et lui-même était obligé de quitter B., devant faire un voyage pour les intérêts de sa maison de commerce. Trois

jours avant celui où le baron devait revenir,
était fixé le dernier rendez-vous des fiancés ; Gustave devait partir le lendemain.

Le matin de ce jour, Linda reçut de son
père une lettre qui lui causa une profonde
émotion. Il lui annonçait que, depuis la
veille, Louise était l'heureuse fiancée du
jeune comte de Fontegnies, le fils du général de Fontegnies, cet ami belge dont il
avait souvent fait mention dans ses lettres.

« Je m'étais bien aperçu, écrivait le baron,
que mon ami et son fils trouvaient fort à
leur gré Louise qui, il faut en convenir, était
dans ces derniers temps plus aimable que
d'ordinaire. Cependant, j'étais loin d'espérer l'heureux événement que j'ai aujour-
d'hui à t'annoncer. Avant-hier, le général
entra chez moi et, sans beaucoup de préambules, il me demanda la main de Louise
pour son fils Guillaume, posant nettement
la question, et me donnant les détails les
plus précis sur la position et la fortune de
son fils. Tu comprends que j'ai été un peu
surpris ; aussi, ai-je demandé vingt-quatre
heures pour me décider et en parler à
Louise. Quant à moi, le parti me conve-

naît de toute manière. Guillaume est un
brave et loyal garçon, bien élevé, et ne
manquant ni de bon sens ni d'instruction.
La famille de Fontegnies est une des plus
distinguées de Bruxelles, la fortune est aussi
solide que brillante, Guillaume a huit ans
de plus que Louise, par conséquent, je ne
pouvais désirer mieux. J'ai donc appelé notre petit Pot-au-feu (c'était le nom peu poétique que, dans la famille, l'on donnait souvent à Louise), et, après lui avoir exposé
le tout catégoriquement, je lui ai demandé
ce qu'elle en pensait. Elle m'a fait plusieurs
questions qui m'ont prouvé qu'elle entendait parfaitement le côté positif des choses
et qu'elle ferait une ménagère accomplie,
puis, avec son ton calme et posé, elle a dit
oui. Je lui ai encore donné la nuit pour réfléchir et, comme hier matin, elle s'est montrée tout à fait décidée, j'ai attendu de pied
ferme le général qui, enchanté de la réponse, a embrassé Louise en l'appelant sa
fille. Rond en affaires et expéditif en toutes
choses, il a voulu, dès le soir même, célé-
brer les fiançailles. Guillaume a offert à
Louise une belle bague en diamant, et le

général un magnifique bracelet. Nous partons dans trois jours. J'ai invité le général
et Guillaume à venir passer quelques semaines à Neuhof, et ils arriveront à la fin
d'août. Quant à la noce, je pense qu'elle
pourra se faire à la fin de septembre. Louise
est calme, mais évidemment satisfaite.
Frieda tantôt se réjouit, tantôt pleure, à l'i-
dée de la séparation prochaine; et toi, ma
fille bien-aimée, que dis-tu de cela? »

Le baron terminait cette lettre en donnant à sa fille différentes instructions rela-
tives aux affaires de la maison.

La lecture de cette lettre amena un con-
flit de pensées et de sentiments dans l'âme
de Linda. Hélas! il faut l'avouer, elle éprouva une grande amertume en comparant
la différence entre sa position future et
celle que la destinée préparait à sa jeune
sœur. Ainsi donc, pensait-elle, tandis que
Louise, qui m'est inférieure à tant d'é-
gards, deviendra la riche et brillante comtesse de Fontegnies, moi qu'on disait destinée à épouser un prince, je m'appellerai
Mme Müller! Tandis qu'elle paraîtra à la
cour et qu'elle ne verra que les gens les

plus distingués, j'aurai pour société des
marchands et des commis. Louise, en se
mariant, recevra la bénédiction de notre
père, sera louée, caressée, comblée de ca-
deaux, et moi qui me suis dévouée toute la
vie, je quitterai la maison en secret, sachant mon père mortellement offensé par
mon mariage. Tout le monde me blâmera
et me jettera la pierre. Oh! pourquoi, pourquoi ai-je connu Gustave?

Quand une femme se pose une pareille
question, c'est qu'elle n'aime guère, car le
véritable amour, loin de redouter les sacrifices, les considère comme l'élément dans
lequel il vit et s'élève. Mais un véritable
amour ne peut naître que dans une âme
noble et dépourvue de cette vanité, qui est
la rouille de toutes les vertus humaines. Et
il faut bien le dire, Linda reconnaissait
que, si Gustave avait été réellement le
prince Mericelli, pour lequel elle l'avait
pris d'abord, elle l'eût aimé bien plus
qu'elle n'aimait M. Müller, caissier de la
maison M. W.

Linda prit quelque temps pour se remettre, afin d'avoir un ton naturel et de cir-

constance, pour annoncer la grande nouvelle à Mme Siebel et à Olga qui, après
avoir poussé toutes les exclamations récla-
mées par l'importance de l'événement, commencèrent un feu roulant de questions, auquel Linda ne sut mieux répondre qu'en
leur communiquant la lettre de M. d'Althof. Quand l'étonnement et le flot de questions furent calmés, elle sut, de la manière la plus naturelle, faire allusion aux
occupations qui devaient, dans l'après-dînée, la retenir loin de la maison.

Mécontente d'elle-même, de Gustave, de
sa destinée, après avoir été donner un rapide coup d'œil aux travaux dont l'inspection servait de prétexte à sa sortie, elle prit
le chemin du bosquet et trouva déjà Gustave qui l'attendait.

L'on a souvent comparé l'âme humaine
à un instrument à cordes et cette comparaison est juste sous plus d'un rapport. S'il est
difficile de mettre deux instruments différents au même diapason, il est bien plus
difficile encore qu'il y ait, entre deux personnes de natures différentes, cette espèce
d'harmonie qu'on pourrait justement appe-

ler le diapason de l'âme. L'amour a, dit-on, ce privilége, mais il prend un caractère si différent selon la personne qui l'éprouve, qu'il ne peut pas toujours réunir et mettre à l'unisson des cœurs qui ne sont pas faits pour s'entendre. Dans ce moment les deux fiancés étaient dans des dispositions bien différentes l'une de l'autre. Tandis que Gustave, complétement absorbé par la douleur de se séparer de celle qu'il aimait, était comme perdu dans sa contemplation, Linda, moins affligée de le voir partir que mécontente et humiliée de devoir l'épouser un jour, eût été la première à chercher le sujet d'une rupture, si un sentiment inné de loyauté et de fierté ne l'eût retenue, mais elle se sentait profondément malheureuse et d'autant plus à plaindre qu'elle ne pouvait s'empêcher d'être honteuse de la cause réelle de son chagrin. Gustave reconnut immédiatement, avec cette délicatesse de perception que donne toujours une véritable affection, qu'un autre chagrin que celui de la séparation occupait l'esprit de sa fiancée et avec inquiétude, quoique directement, il fit quelques questions auxquelles

Linda répondit en lui faisant part du mariage de sa sœur. Rien qu'à la manière dont elle prononça le nom du comte de Fontegnies, Gustave reconnut immédiatement ce qui se passait dans l'âme de sa fiancée.

— Comme le comte de Fontegnies est heureux, dit-il! Il peut donner une couronne à celle qu'il aime et moi qui vous adore et qui sacrifierais mille vies pour vous, je n'ai qu'un nom plébéien à vous offrir!

Il y avait tant de tendresse et de tristesse dans ces paroles, que Linda émue le regarda avec un sourire qui lui fit oublier ses regrets. S'il eût eu plus d'expérience de la vie, il aurait compris qu'en face des sentiments qu'il avait vu se manifester chez sa fiancée, il eût été sage de dissimuler l'excès de sa passion et de lui faire comprendre qu'il ne dépendait que d'elle-même de rompre leur engagement, mais il était trop jeune et surtout trop amoureux pour être prudent et pour être capable d'user de politique envers celle qu'il aimait. A genoux devant elle, il la conjura de ne pas l'oublier pendant son absence et s'exprima en termes si tendres et si passionnés que Linda, s'admirant intérieurement pour la noblesse de sentiments dont elle faisait preuve en consentant à épouser un roturier, accorda tout ce que Gustave voulut. Il fut convenu entre eux que, dès que sa position serait fixée d'une manière sûre, il reviendrait à B. pour le mariage, et en conséquence, il pria Linda de lui envoyer ses papiers, afin qu'il les fît mettre én règle ainsi que les siens. Ils prirent aussi tous les arrangements nécessaires pour assurer le secret de leur correspondance.

Longtemps encore, ils restèrent à causer, à se dire de ces riens si précieux pour ceux qui s'aiment. La lune montrait déjà son disque d'argent, lorsque Linda, effrayée de l'heure tardive, se leva pour rentrer. Gustave la serra sur son cœur, et ils se séparèrent.

X

Trois jours après, le baron arriva et ne témoigna pas peu de satisfaction, en revoyant sa fille et en se retrouvant dans sa maison. Louise, calme et satisfaite, avait pris un air de dignité, qui faisait bien augurer de la manière dont elle ferait honneur à sa future position. Dirigée par la comtesse de Vernerode qui, avec une bonne grâce toute désintéressée, mit ses services à la disposition de son beau-frère, elle commença immédiatement à faire les acquisitions nécessaires au beau trousseau que son père voulait lui donner. Vers la fin du mois d'août, le général de Fontegnies arriva à Neuhof avec son fils. Il existait entre eux le contraste le plus frappant. Autant le père était maigre, vif et animé, autant son fils était gras, lent de manières et lourd d'esprit. Peu brillant sous tous les aspects, c'était au fond un très-brave et honnête garçon, et tout à fait le mari qui convenait à la pratique et

positive Louise. Le général qui adorait son
fils s'était pris aussi de passion pour sa future belle-fille, et le lui témoignait par les
plus aimables attentions.

Linda, quoiqu'ayant les priviléges et les
soucis d'une maîtresse de maison, était
pour le moment tout naturellement mise
un peu à l'arrière-plan, à côté de Louise
qui était devenue un personnage important dans la maison, et chez laquelle l'on
relevait des qualités et des charmes, qu'on
avait laissés sous le boisseau, tant qu'on
l'avait crue incapable de faire un si bon
mariage. M. d'Althof, qui l'avait de tout
temps moins aimée que ses sœurs, lui
était en quelque sorte reconnaissant de la
satisfaction qu'il éprouvait à marier aussi
brillamment celle de ses filles dont l'absence
lui ferait le moins défaut dans son intérieur.
Linda, sans se l'avouer, souffrait beaucoup
de cette sorte d'infériorité qui lui était im-
posée momentanément, ainsi que de ce
titre de sœur aînée qui la vieillissait aux
yeux du monde, ainsi qu'aux siens. Elle
était à cet âge où la beauté d'une femme
est arrivée à ce complet et parfait épanouis-

sement qui précède, hélas! de si peu, le moment où chaque année, chaque mois, chaque jour, emporte avec lui quelque chose de ces charmes dont on était si fière. En pensant à son jeune fiancé, elle se regardait souvent avec inquiétude dans son miroir, devançant ainsi le moment où elle serait obligée de reconnaître que sa beauté déclinait. Quelquefois il lui prenait envie de rompre, pendant qu'il en était temps encore, cette chaîne qui lui semblait lourde tant elle imposait de souffrances à son amour-propre. Mais elle était retenue, non-seulement par la pensée du désespoir de Gustave, mais par celle du mépris où elle tomberait à ses propres yeux, si, après avoir accueilli aussi volontairement les témoignages de l'amour d'un homme, après avoir trompé son père pour l'amour de lui, elle était capable, de le tromper lui-même uniquement dans l'espoir de faire un établissement plus en rapport avec ses vues ambitieuses. L'on eût pu dire que chez elle l'orgueil livrait combat à la vanité. Les jours où elle recevait des lettres de Gustave, un sentiment plus doux et plus noble venait

apporter un apaisement momentané aux
agitations de son âme, et l'idée de faire le
bonheur de celui qui lui avait donné tout
son amour lui causait des heures de félicité que de mesquines préoccupations d'a-
mour-propre venaient bientôt troubler.

Après avoir passé trois semaines à Neuhof, le général et son fils partirent pour
Bruxelles, où ils devaient prendre tous les
arrangements nécessaires pour le mariage
fixé pour la mi-octobre.

La comtesse de Vernerode venait continuellement à Neuhof sous le prétexte de
donner des directions à la confection du
trousseau de sa nièce, mais en réalité afin
de multiplier les occasions de se rendre
agréable à son beau-frère. Elle était bien de
ces femmes qui, lorsqu'elles ont jeté leurs
vues sur quelqu'un pour en faire leur mari,
ou celui de leur fille, ne reculent devant aucun moyen pour arriver à leur but... et
réussissent toujours. Linda, dont la perspi-
cacité pénétrait les menées artificieuses de
sa tante, laquelle, par des flatteries adroite-
ment débitées, enveloppait de plus en plus
M. d'Althof dans les filets tendus à sa va-

nité, trouvait là de son côté un motif de persister dans le sentiment de sa faute, car elle y puisait la conviction que son père épouserait sous peu cette habile coquette. Pénétrée d'une profonde compassion pour ses deux sœurs cadettes, elle se disait que son mariage, dans les conditions où elle le faisait, ne lui donnerait même pas la consolation de leur offrir un asile dans sa maison, dans le cas où leur belle-mère leur rendrait la vie trop difficile.

Olga, préoccupée de l'arrivée des amis de son futur beau-frère qui devaient venir assister au mariage, formait dans sa tête les projets les plus romanesques et se voyait par avance disputée, l'épée à la main, par des prétendants rivaux. Frieda, sous la salutaire influence des eaux de Marienbad, reprenait visiblement des forces et de la santé et son âme, qui semblait avoir sommeillé pendant le temps de la maladie, semblable à ces fleurs qui, au printemps, dès que la neige se fond, apportent au gazon, la parure de leurs fraîches corolles, commençait à mettre au jour les plus aimables qualités. Enfin, arriva le jour du mariage. Par une belle journée d'octobre, Guillaume et Louise reçurent la bénédiction nuptiale dans la petite église du village de Neuhof.

-- Dans cette même église peut-être, pensait Linda avec tristesse, je serai mariée, mais tout sera bien différent. Quelle triste destinée! Et pourquoi faut-il qu'avec les avantages que j'ai sur Louise je fasse un si pauvre mariage, tandis qu'elle en fait un si brillant?

Toute à ses préoccupations personnelles, elle ne prit part à la gaieté générale qu'autant qu'il en fallait pour n'être pas accusée de sentiments envieux envers sa sœur. Lorsque la jeune comtesse, déjà revêtue de son élégant costume de voyage, vint encore une fois recevoir la bénédiction paternelle, avant de monter en voiture, le cœur de Linda se serra de douleur, en pensant qu'elle ne pouvait pas espérer recevoir jamais la même preuve de la tendresse de son père. Une telle émotion se peignit en ce moment sur son visage que la comtesse de Vernerode, qui était une très-attentive observatrice, eut, de cet instant, et pour la

première fois, la conviction que Linda cachait un secret; et comme elle ignorait si
celui-ci était favorable ou non à ses intérêts, elle se résolut à tout faire pour le découvrir.

XI

Tout à Neuhof était rentré dans l'ordre
accoutumé, et Linda en était contente. Elle
sentait qu'elle aimait davantage Gustave,
lorsqu'elle n'était point amenée à faire des
comparaisons entre sa position et celle
que sa vanité aurait convoitée. Ses lettres
étaient si tendres, si passionnées, si intéressantes et si spirituelles, que souvent elle se
sentait fière de son amour et, dans ces mo-
ments-là, elle aimait tendrement Gustave.

La comtesse de Vernerode, on le sait,
avait conçu le ferme projet d'épouser son
beau-frère. Pour y réussir elle se disait
que le mariage de Linda était chose indispensable, car elle se rendait bien compte
que le baron, moitié par tendresse pater-

nelle, moitié par respect humain, se refuserait à donner une belle-mère à cette fille qui avait si admirablement rempli sa tâche.

M. d'Althof, séduit de plus en plus par la coquetterie agaçante de la comtesse, se prenait à regretter, par moment, de n'avoir pas la liberté de suivre les impulsions de son cœur, et c'est ainsi que tous deux, sans se l'avouer, étaient d'accord pour désirer que Linda pût trouver à se marier. Si la comtesse était infatigable à proposer des bals, des soirées et des parties de plaisirs, le baron de son côté mettait la plus aimable condescendance à consentir à ces sorties qui pouvaient amener, pour sa fille, l'occasion de faire un bon mariage. Quant à elle, plusieurs motifs l'empêchaient de se prêter à ces calculs. Elle possédait trop de pénétration pour n'avoir pas immédiatement deviné les vues qu'avaient son père et sa tante en la faisant aller dans le monde, et son cœur et son amour-propre également blessés, elle ne trouvait nul agrément à des plaisirs qui n'étaient employés que comme un moyen de la mettre en évidence. De plus, elle s'était aperçue que Gustave était jaloux et souffrait difficilement de la savoir, dans le monde, exposée à l'admiration et à recevoir les hommages de ceux qui l'entouraient. Dans le commencement, elle lui parlait de tous les bals où elle allait. Il répondait qu'il était heureux de penser que, si pour lui, le temps passé loin d'elle lui semblait mortellement triste, il n'en était pas de même pour elle, mais dans ces paroles, où il cherchait en vain à dissimuler ce qu'il éprouvait, régnait une tristesse si amère, que Linda avait toutes les peines du monde à le consoler et à le rassurer dans ses lettres. Elle essaya alors de ne pas faire mention des plaisirs auxquels elle était obligée de participer. Ce fut bien pis encore, car Gustave s'imagina alors qu'elle gardait le silence, parce qu'elle ne voulait pas avouer l'amour qu'elle portait à un autre.

Il était en correspondance avec le jeune baron Félix de Herven qui, sans être le moins du monde dans la confidence de ses sentiments, lui écrivait assez souvent et le mettait au fait de ce qui se passait dans la société. Il employait toutes les petites ru-

ses à l'usage des amoureux pour s'informer
des bals auxquels Linda avait été, et si Félix faisait quelque allusion aux hommages
adressés à Linda, par tel ou tel homme de
sa société, Gustave tombait dans le désespoir, jusqu'au moment où une lettre de sa
fiancée venait lui apporter quelque tran-
quilité.

L'on était arrivé aux derniers jours de
janvier, lorsqu'une fois Félix, écrivant à
son ami le lendemain d'un bal costumé,
lui raconta que l'on parlait dans la société du mariage de Linda avec le comte
d'Isenstedt. En faisant les plus grands éloges de celui-ci, il ajoutait, comme pour
donner plus de force à ses paroles, que c'é-
tait *un homme vraiment digne* d'épouser *sa
charmante cousine*. Gustave, à la lecture de
cette lettre, fut saisi d'une si violente émotion qu'il en fut malade plusieurs jours.
Linda, qui était très-inquiète de son silence
prolongé, reçut enfin une lettre de lui, où
il lui avouait la cause de son retard et où
avec l'accent d'un véritable désespoir, il lui
rendait sa parole, puisque, disait-il, elle en
avait déjà disposé en faveur du comte d'I-

senstedt. Il terminait sa lettre en lui apprenant que, jusqu'à ce jour, par respect pour son affection filiale, il ne lui avait pas révélé les griefs personnels qu'il avait contre M. d'Althof en souvenir de sa mère, mais maintenant qu'ils étaient dégagés de leur parole, il croyait devoir lui faire connaître quelle avait été la conduite de son père. Après avoir raconté les faits, il ajoutait :

« Lorsque vous m'êtes apparue comme une vision céleste, il m'a semblé voir en vous l'ange de ma mère qui m'apportait une consolation pour ce qu'elle avait souffert dans son amour. Mais non, votre famille n'avait pas encore fait assez de mal à la mienne, vous avez voulu accomplir ce que votre père avait commencé. Adieu. Un titre peut vous rendre plus heureuse que tout mon amour. Soyez donc heureuse. »

Linda fut attérée en lisant cette lettre, et se demanda ce qui avait pu inspirer à Gustave de pareilles idées. Le comte d'Isenstedt s'était, en effet, montré très-empressé envers elle; cependant, rien ne lui avait donné à penser qu'il eût l'intention de la deman-

der en mariage. Elle se dit que Gustave avait
été informé par quelque commérage de société, et se promit bien, quand elle se ren-
contrerait avec le comte d'Isenstedt, de se
conduire de manière à démentir complétement les bruits qui avaient évidemment
couru à ce sujet.

— Si le comte d'Isenstedt avait les inten-
tions qu'on lui prête, c'est par ma tante,
se dit-elle, avec laquelle sa famille est très-
liée, qu'il aurait fait faire sa demande.
Ah! fit-elle, se frappant le front comme si
une lumière s'était produite subitement
dans son esprit, papa a reçu, ce matin, une
lettre de ma tante, peut-être que..... Mais
non..., non, ce ne peut-être cela. Elle lui
écrit maintenant à tout propos. Il y a plus
de deux heures, au moins, que mon père a
reçu cette lettre; si elle contenait une demande en mariage, il m'aurait fait appeler
immédiatement dans sa chambre, c'est plus
que certain. Il est évident qu'il n'y a, dans
tout cela, qu'un simple commérage qui a
suffi pour désespérer ce pauvre Gustave.
Il m'aime si passionnément qu'il en est
presque fou. Avec quelques lignes je vais

le combler de joie, ce pauvre garçon! Ecrivons-lui tout de suite. Heureusement papa a besoin d'envoyer une réponse, aujourd'hui même, à son banquier; de cette manière cette lettre, qui va calmer ce pauvre Gustave, pourra partir avant le dîner et, demain matin, il la recevra et la couvrira de mille baisers. D'ailleurs, ne faut-il pas payer la faute de mon père?.... Ah! monsieur le baron d'Althof, c'est ainsi que vous avez osé agir envers une honnête jeune fille! — et la contraction des sourcils de Linda prouvait à quel point étaient amères les pensées qui, dans ce moment, remplissaient son esprit. — Comment, mon père, vous qui vous piquez de loyauté, vous avez pu, à ce point, en manquer? Eh bien! moi, Linda d'Althof, j'acquitterai, envers le fils, la promesse que vous n'avez pas tenue à sa mère.

Sous l'impression des divers sentiments qui gonflaient son cœur, Linda écrivit une lettre qui était en vérité conçue de manière à faire passer Gustave de l'excès de la tristesse à l'excès du bonheur. D'un ton enjoué, elle lui reprochait tendrement ses soupçons

jaloux qu'elle trouvait injurieux pour elle.
Le comte d'Isenstedt ne l'avait pas demandée en mariage, et, s'il le faisait, elle saurait bien, disait-elle, trouver un prétexte
pour le refuser sans que son père se doutât de
rien. Elle mit dans ces lignes, écrites au courant de la plume, tant de grâce, de coquetterie et d'expansion qu'elles auraient rendu
Gustave amoureux s'il ne l'avait pas déjà
été. Pressée par l'heure, elle ne se donna
même pas le temps de les relire et mit, dans
son enveloppe, une lettre qui, par le ton
d'abandon et par les expressions de tendresse qu'elle contenait, la liait irrévocable-
ment à Gustave.—Quel bonheur! se dit-elle,
remettant au domestique, qui était près de
monter à cheval, le portefeuille avec les lettres, quel bonheur que cet imbécile de Pierre
ne sache pas lire. Du reste, avec la précaution que j'ai prise de contrefaire, sur les
adresses, l'écriture de mon père, il n'y a
pas de danger que les employés de la poste
se doutent de quoi que ce soit.

Aussi satisfaite de son esprit que de ses
vertus, elle se hâta de faire sa toilette. A dîner elle remarqua, non sans une secrète in-

quiétude, que son père était distrait et préoccupé. Il lui parut même que son regard, en se portant sur elle, avait une expression interrogative et, contre son habitude, au lieu de rester au salon avec ses filles après le dîner, il se retira dans son appartement. Linda, agitée par la prévision d'un danger quelconque, alla dans sa chambre, afin de réfléchir à ce qu'elle aurait à dire ou à faire. Depuis une heure déjà elle se promenait de long en large, prévoyant tout, excepté ce qui était vrai, lorsqu'on vint la prévenir que son père désirait lui parler. Pâle, mais résolue, elle entra chez lui et fut immédiatement rassurée sur l'objet de l'entretien par les paroles affectueuses avec lesquelles il engagea la conversation. Sans faire de longs préambules, il lui annonça que le comte d'Isenstedt venait de lui demander sa main. Puis, après s'être étendu avec une sorte de complaisance sur les qualités du comte, sur sa position et sa fortune, il termina son speech paternel en disant :

— Je ne te cache pas, ma chère enfant, qu'étant fort préoccupé de ton avenir, j'ai été très-heureux de voir se présenter un parti que, à tous égards, je puis considérer comme digne de toi sous tous les rapports.

—S'il n'aimait pas ma tante, il ne parlerait pas ainsi, pensa Linda; eh bien! puisqu'il veut se donner l'air d'un tendre père, moi je jouerai le rôle d'une Antigone; du reste il n'y a pas d'autre moyen de donner un air de vraisemblance à mon refus, car le comte ne serait pas un parti à dédaigner. Mon Dieu, si ma lettre n'était pas partie, tout aurait pu encore s'arranger, et je serais comtesse. Maintenant cela n'est plus possible. Oh! quel malheur d'avoir connu Gustave!

Toutes ces pensées, et bien d'autres aussi amères, agitaient l'esprit de Linda pendant le discours du baron.

M. d'Althof cessa de parler et s'arrêta devant sa fille. Elle sentit qu'il attendait une réponse.

— Mon père, dit-elle d'une voix ferme, remerciez, je vous prie, le comte d'Isenstedt de l'honneur qu'il veut bien me faire, mais faites-lui entendre que je ne peux consentir à l'épouser.

— Tu le refuses! dit le baron avec un

geste qui exprimait autant de surprise que de mécontentement.

— Oui, mon père, dit-elle d'un ton parfaitement calme. Jamais je n'aurais le courage de me séparer de vous.

Dans ce moment, Linda, en pensant au mariage clandestin qu'elle se préparait à faire, se sentit pénétrée d'une telle confusion qu'une pénible rougeur couvrit son visage.

M. d'Althof, qui avait recommencé à marcher à grands pas, ne put s'en apercevoir. Il semblait évidemment chercher un biais qui ne fût pas trop embarrassant, et un coup d'œil qu'il jeta sur sa montre, puis ensuite sur la grande avenue, fit deviner à Linda qu'il attendait un auxiliaire dans la personne de la comtesse de Vernerode. La pensée, que ce mariage était un coup monté pour servir leurs propres projets, endurcit le cœur de Linda contre son père.

Celui-ci reprit un moment après, d'un ton qu'il cherchait à rendre très-caressant :

— Ma chère enfant, je te suis très-reconnaissant des sentiments si nobles et si dévoués que tu me témoignes, mais je suis loin de demander le sacrifice de ta jeunesse.

D'ailleurs, je ne suis plus jeune, tu le sais (ici, le baron, en guise de protestation, se regarda avec complaisance dans la glace), cela serait une grande sécurité pour moi de te savoir mariée, bien établie et à même de pouvoir être une protectrice pour tes jeunes sœurs. Réfléchis bien, ma chère enfant, le comte d'Isenstedt est un parti que les plus jolies et les plus riches héritières seraient heureuses d'accepter.

— Mon père, dit-elle, et elle put à peine retenir un léger soupir, je n'ai absolument rien à dire contre le comte, mais je vous ai consacré ma vie, et rien ne pourra me séparer de vous.

Le baron était dans un grand embarras; il était obligé de se montrer reconnaissant d'une chose dont il n'avait que faire. Il fut heureux de voir s'arrêter devant la porte le traîneau de la comtesse de Vernerode.

— Ah! voilà ta tante, dit-il avec satisfaction, elle aura peut-être plus de bonheur que moi.

— Vraiment, mon père, vous le croyez! dit Linda avec une ironie qui puisait sa source dans l'irritation que lui causait l'in-

tervention de la comtesse dans ses affaires.
Ils sont deux contre moi, et ils veulent jouer
la comédie. Eh bien ! je la jouerai encore
mieux qu'eux, se dit-elle.

Dans ce moment la comtesse entra.

— Eh bien ! dit-elle de sa voix caressante,
en tendant au baron une main qu'il baisa
galamment, je serai la première à féliciter
la future comtesse d'Isenstedt ?

— Non, dit le baron en fronçant le sourcil, elle refuse.

— Elle refuse ! dit la comtesse en faisant
deux pas en arrière et en affectant beaucoup
plus de surprise qu'elle n'en éprouvait réellement. Ce n'est pas possible, Henri d'Isenstedt n'est pas un parti qu'on puisse refuser.
Qu'as-tu à lui reprocher ? dit-elle en prenant place sur le fauteuil que le baron lui
avait avancé.

— Rien, ma tante, absolument rien ; au
contraire, je trouve qu'il est un excellent
parti, mais je n'ai pas le courage de quitter
mon père, à qui j'ai consacré ma vie ; je
suis résolue à ne jamais l'abandonner.

La comtesse se sentait dans un grand embarras ; ce qui prouvait bien que Linda avait

choisi le meilleur moyen pour la tromper,
ainsi que son père. Un moment elle garda
le silence, mais elle n'était pas femme à renoncer si vite à la partie, et elle reprit, du
ton enjoué qui lui était habituel, tout en
fixant Linda dans le blanc des yeux :

— Certes, tes sentiments sont fort beaux ;
seulement ils se rencontrent si rarement
qu'on a de la peine à y croire, et l'on serait
presque tenté de penser que quelque cheva-
lier préféré te tient au cœur. Je l'avais déjà
deviné, continua-t-elle avec une certaine
volubilité, en ayant observé combien tu te
montres ingénieuse à trouver, pour ne pas
aller dans le monde, des prétextes dont je
n'ai pas été dupe, je t'assure.

Linda, à ces paroles, sentit que le danger
était imminent ; mais, pour certaines natures, la grandeur du péril leur fait trouver
en elles des ressources qu'elles avaient igno-
rées jusqu'à ce jour. Elle comprit que, dans
ce moment, la moindre émotion, le plus
léger témoignage d'irritation, pourrait exciter des soupçons qui, une fois éveillés, seraient de nature à faire échouer tous ses
projets.

— Chère petite tante, dit-elle avec un doux sourire, ne voyez-vous pas que mon bon père me rend si heureuse, que c'est autant pour mon bonheur que pour le sien que je ne veux pas me marier. Le mari le plus parfait qu'il y ait au monde ne pourrait jamais me rendre aussi heureuse que je le suis maintenant. Laissez-moi rester où je suis, et comme je suis; — et, avec un mouvement plein de grâce et d'abandon, elle prit la main de son père et la serra affectueusement.

Il n'était pas possible de se conduire d'une manière plus habile. M. d'Althof, presque malgré lui, était ému et touché, et la comtesse, sans être cependant convaincue de la sincérité des sentiments de Linda, ne savait trop que dire, car il n'était pas possible, pour elle, de faire la moindre allusion aux idées d'avenir que le baron avait évoquées. Son instinct féminin lui faisait comprendre que Linda venait de la jouer, d'autant plus habilement, qu'elle ne donnait aucune prise sur elle-même, et cette pensée, se joignant à la conviction que son propre mariage serait retardé, augmentait le dépit qu'elle ressentait contre Linda, en raison de sa jeunesse et de sa beauté.

— Ce pauvre Isenstedt! Comme il va être chagriné, dit-elle, en roulant dans ses doigts la frange de son manteau de velours.

— Chère tante, dit Linda gaiement et avec un peu de malice, croyez-moi, s'il demandait ma main, c'était pour avoir le plaisir, en devenant votre neveu, de vous faire la cour tout à son aise. Entre nous soit dit, il vous admire bien plus que moi.

— Quelle idée, dit en souriant la comtesse, enchantée de voir le front de M. d'Althof se rembrunir. Linda venait, avec une véritable adresse féminine, de flatter le faible de la comtesse, qui était bien de ces ex-jolies femmes qui aiment à laisser croire et à croire peut-être, lorsqu'elles proposent un mari pour une sœur ou pour une nièce, que le prétendu en question ne cherche qu'un moyen de leur tenir de plus près; et dans le monde, les Belise, quoique moins franches que celle de Molière, ne sont pas rares à rencontrer.

Le baron, qui était resté silencieux, tout en se promenant dans la chambre, s'arrêta tout à coup devant sa fille, et dit, en la regardant d'un air sérieux :

— Dans ma réponse au comte, ne puis-je pas lui donner à entendre que plus tard, peut-être, tu serais plus disposée à recevoir sa proposition.

— Non, mon père, non, dit-elle avec quelque précipitation. Puis, voyant les yeux perçants de la comtesse fixés sur elle, et rentrant immédiatement dans son rôle, elle reprit en souriant :

— Je ne suis pas un assez beau parti pour que le comte trouve la peine de soupirer longtemps pour mes beaux yeux. Il ne faudrait pas lui donner des espérances que je ne me sens pas disposée à réaliser.

Elle se sentit bien heureuse, quand, dans ce moment, un domestique vint prévenir le baron que son garde chasse avait à lui parler sur un fait grave de braconnage. M. d'Althof, en mettant son chapeau et son pardessus, dit encore à Linda :

— Est-ce ton dernier mot ?

— Oui, mon père.

— Je descends avec vous, Ferdinand, dit la comtesse, et je peux vous conduire en traîneau jusqu'à la loge du garde, puisque c'est là que vous avez affaire.

— Vous ne restez pas pour prendre le thé ?

— Non, je vais à l'ambassade. Eh bien, Linda, veux-tu venir demain chez les Lindorey ?

— Certainement, dit-elle en souriant. Vous m'accusez de me retirer du monde ; je vous assure cependant que je suis charmée de sortir avec vous ; seulement, je me réjouis de ce que le carnaval est à sa fin, car, en vérité, ces toilettes me ruinent.

La comtesse la regarda de façon à lui faire clairement entendre qu'elle n'était nullement dupe de ses paroles, et, après avoir eu le plaisir d'exercer au moins cette petite vengeance, elle monta en traîneau avec le baron.

Dès qu'ils se furent éloignés, Linda courut s'enfermer dans sa chambre, et cachant sa tête dans les coussins du sopha, elle éclata en sanglots. — O mon Dieu ! à quoi suis-je donc descendue ? Oh ! il y a une malédiction sur cet amour, qui a pu m'amener à un si honteux abaissement de mon caractère !

J'aurais pu faire le plus beau, le plus honorable mariage, et je vais en faire un honteux et méprisable, et, pour le faire, j'en suis arrivée à perdre ma propre estime. Oh! ce Gustave, comme je le déteste! Il est la cause de tous mes malheurs!

XII

A dater de ce jour, Linda sentit qu'elle avait dans sa tante une ennemie, d'autant plus à craindre, qu'elle cachait son jeu soigneusement, sous toutes les apparences caressantes d'un caractère naturellement artificieux. Par certains regards, par diverses allusions, elle voulait faire croire à sa nièce que son secret lui était connu, et qu'elle aurait tout à gagner en la mettant dans la confidence, mais Linda avait assez de finesse pour voir que sa tante ne savait rien et que c'était une ruse de sa part. Parfois, la comtesse faisait quelques phrases touchantes sur le bonheur d'une union

où le cœur seul est consulté, et ne semblait trouver intéressants que les mariages
d'inclination. D'autres fois, elle mettait une
amertume affectée à plaindre ou à critiquer les jeunes personnes qui s'étaient ma-
riées sans le consentement de leurs parents,
et ajoutait, en regardant sa nièce fixement,
que ces unions-là étaient toujours malheu-
reuses. Mais, dans ces occasions comme
dans toutes les autres, Linda, sans cesse sur
ses gardes, ne disait que tout juste ce qu'il
fallait pour qu'on ne crût pas qu'elle faisait
la moindre application personnelle des paroles de sa tante. En réalité, celle-ci ne savait rien ; seulement, avec ce flair qu'a
une femme pour découvrir les secrets
d'une autre femme, elle soupçonnait Linda
d'avoir un attachement pour quelqu'un,
qu'elle n'osait avouer. Au fond du cœur, elle
n'en était pas très-fâchée, car elle entre-
voyait que le mauvais mariage que pourrait
faire sa nièce, hâterait la conclusion du
sien.

Linda, partagée entre la honte et les remords qu'elle éprouvait à tromper la confiance de son père, et la crainte pleine de

défiance que lui inspirait sa tante, commençait à trouver au-dessus de ses forces le rôle qu'elle était obligée de jouer et, sans partager au même degré la passion de Gustave, elle en était venue à aspirer presqu'autant que lui au jour de leur mariage.

L'on était déjà au milieu de mars et vers la fin du carême, quand elle reçut de son fiancé une lettre dans laquelle il lui disait qu'ayant enfin terminé ses affaires, il espérait être dans deux jours à B., et la conjurait de lui accorder une entrevue au lieu habituel, car, naturellement, il mourait d'envie de la voir, et il avait mille choses à lui dire. Linda fut un moment indécise : dans cette saison où la campagne était couverte de neige, un rendez-vous au bout de l'allée était vraiment chose hasardeuse; mais elle ne se sentit pas le courage de refuser, et puis, s'il avait tant de choses à lui dire!...

Elle répondit donc que le lendemain de son arrivée elle l'attendrait à trois heures au banc, près de la source, et elle se mit à combiner comment elle pourrait s'y rendre sans attirer l'attention. Elle se décida

pour le parti suivant. Le jeudi, après le
dîner, sachant que ses sœurs n'étaient pas
disposées à l'accompagner, elle exprima
à son père, le désir de faire une visite aux
Siebel. Son père donna des ordres en conséquence, et un moment après, Linda
monta dans un joli petit traîneau conduit
par un domestique, le cocher étant malade. Elle fit une très-courte apparition chez
les Siebel, et offrit un cadeau à l'enfant
qui était son filleul, comme pour s'excuser
de la brièveté de sa visite, puis elle remonta
en traîneau.

Arrivée près du bois, elle fit arrêter, descendit de traîneau et dit au domestique de
retourner à la maison parce qu'elle voulait
revenir à pied, afin de se réchauffer. Dès
que le traîneau fut hors de vue, elle entra
dans le bois qu'elle suivit sur la lisière, pour
arriver à l'allée. Elle avait une robe en drap
bleu foncé et une polonaise de même étoffe,
garnie d'astrakan et de brandebourgs. Une
petite toque de velours noir, garnie d'astrakan était posée sur ses cheveux blonds, et
le voile de dentelle qui devait garantir son
visage était assez transparent pour laisser

voir les roses que le froid faisait apparaître sur ses joues. Un petit manchon également en astrakan, en protégeant ses mains mignonnes, complétait cette toilette dans laquelle elle semblait représenter une gracieuse personnification de l'hiver. Elle était si charmante et si attrayante, que Gustave, en la voyant, ne pouvait modérer les expressions de sa tendresse et de son admiration.

— Nous n'avons que quelques minutes à passer ensemble, dit Linda se dégageant en rougissant des bras du jeune homme, qui l'avait serrée sur son cœur, par un mouvement passionné. Qu'avez-vous à me dire?

— Ce que j'ai à vous dire! c'est que je vous aime par-dessus tout, que je vous adore, que ma vie vous appartient! En vous regardant, ma bien-aimée, puis-je vous dire autre chose; — et il la contemplait avec amour et, jetant par terre le petit manchon, il couvrit ses mains de baisers passionnés. Il était dans un tel ravissement, que Linda dut le faire souvenir qu'il était impossible de prolonger l'entretien et qu'en hiver, les arbres dépouillés de feuilles, ne pouvaient les garantir contre la curiosité des gens qui seraient venus à passer de ce côté-là. Ils convinrent, pendant les quelques minutes qu'ils passèrent ensemble, de toutes les dispositions nécessaires au mariage qui, à ce que pensait Gustave, pourrait avoir lieu le jeudi après Pâques, c'est-à-dire dans dix-huit jours. Linda, subitement prise de confusion à l'idée de l'acte qui allait consommer sa faute, voulait retarder d'un mois encore.

— Comment, dit Gustave, avec le ton d'un tendre reproche, craignez-vous de me rendre trop heureux?

Enfin, après quelques petits débats, ils convinrent que le mariage aurait lieu dans trois semaines. Gustave devait s'occuper de toutes les formalités indispensables et amener un de ses amis comme témoin, tandis que Linda comptait avoir le docteur Siebel pour le sien. Du reste, ils devaient se tenir au courant de tout ce qui pouvait survenir, ainsi que des derniers arrangements à prendre. Ils se quittèrent en se disant qu'ils ne se reverraient plus que le jeudi 8 avril, à cinq heures du matin, à la chapelle de Saint-Léonard, près de Neuhof, afin d'être unis pour toujours.

Linda, en arrivant dans la cour, fut profondément contrariée de voir le traîneau de sa tante arrêté devant la porte et, en changeant de toilette dans sa chambre, elle eut le pressentiment qu'un danger la menaçait et se prépara à être, selon la nécessité, prudente ou dissimulée.

— Te voilà déjà, ma chère enfant, lui dit son père. Est-ce que, par hasard, Mme Siebel n'était pas à la maison?

— Si fait, papa, mais je ne suis pas restée longtemps chez elle, j'étais pressée de revenir, afin d'avancer un peu ma tapisserie, et je suis d'autant plus contente, puisque sans cela j'aurais manqué cette chère petite tante, qui a la bonté de venir par tous les temps.

— Et moi aussi, je suis bien contente de te voir, chère enfant, dit la comtesse de sa voix la plus caressante. Linda, comme première mesure de prudence, prit la précaution, sous le prétexte que le jour était sombre, d'aller s'asseoir, avec son métier à broder, dans une embrasure de fenêtre, assez éloignée de sa tante.

L'on se mit à causer sur différents sujets, quand tout à coup la comtesse, se retournant vers Linda, lui dit négligemment :

— A propos, comme tu es revenue à pied, tu auras sans doute rencontré le même jeune homme que j'ai vu.

— Non, je n'ai vu personne, dit Linda avec calme.

— Vraiment — c'est étonnant! Je l'ai vu passer très-vite sur la grand'route, puis il a pris le sentier qui conduit à la carrière. C'est vraiment singulier que tu ne l'aies pas vu, dit la comtesse en accentuant ses paroles.

— Il aura peut-être passé avant moi, ou bien il a passé sans que j'aie fait attention à lui.

— Oh! dit la comtesse, avec un méchant sourire, il est trop beau, pour qu'on puisse le voir passer sans le regarder.

— Vraiment, dit Olga, comment était-il donc?

— L'inconnu que j'ai vu, dit-elle toujours tournée vers Linda, à laquelle elle paraissait s'adresser particulièrement, était grand, bien fait; enveloppé dans une fourrure qui lui allait à ravir. Sa tournure et sa démarche avaient une noblesse et une distinction qu'un prince eût pu lui envier. Son teint était légèrement olivâtre, ses cheveux bouclés, noirs comme du jais, et ses yeux m'ont paru merveilleusement beaux.

— Comment donc avez-vous eu le temps de voir tout cela? Votre description est on ne peut plus poétique, dit le baron avec une certaine nuance d'aigreur dans la voix.

— N'est-ce pas, dit-elle en riant, avec cette satisfaction qu'éprouvent les femmes de ce caractère, lorsqu'elles ont pu exciter la plus petite pointe de jalousie chez un homme. J'avoue, dit-elle, avec l'accent d'une franchise affectée, que j'ai trouvé ce jeune homme brun remarquablement beau, bien que j'aie toujours préféré les blonds, et elle sembla jeter un regard à la dérobée sur le baron. Linda, si elle n'avait senti la nécessité absolue de ménager sa tante, n'aurait peut-être pas résisté au désir de lui prouver, par des paroles ou tout au moins par un sourire, qu'elle n'était point la dupe de la petite comédie qu'elle jouait, mais elle s'était fait une règle de prudence de n'avoir jamais l'air de comprendre la portée des avances pleines de coquetterie de la comtesse. Voulant éviter de se donner l'air réservé, elle demanda si le jeune homme avait l'air d'être du pays ou d'être un étranger.

— C'était bien évidemment un étranger, dit la comtesse : un Hongrois peut-être, ou bien un Italien.

— Ah! dit Olga, qui écoutait avec curiosité, je suis sûre que c'est ce bel Italien que j'ai vu une fois, cet été, à la sortie de l'église. Comme il était beau! Jamais je n'ai vu un homme plus beau.

— En vérité, Mesdames, vous faites un peu trop d'honneur à un étranger. Voilà une demi-heure déjà qu'il fait les frais de la conversation. Linda, veux-tu jouer aux échecs?

— Volontiers, papa, et elle mit de côté son ouvrage. Pendant qu'elle rangeait l'armée d'ébène et d'ivoire sur le champ de bataille, l'impitoyable comtesse reprit :

— En vérité, Linda, je suis étonnée que,

par ce temps si humide, tu aies voulu revenir à pied?

— Que voulez-vous, ma tante, j'avais si froid que je sentais devoir prendre du mouvement.

— Ou bien peut-être, dit-elle avec un air de négligence affectée qui ne l'empêchait pas d'avoir les yeux fixés sur sa nièce, peut-être avais-tu quelqu'un à voir?

— Non, en vérité, ma tante, dans cette saison je fais mes inspections plutôt dans la matinée. Voulez-vous commencer, papa?

Il était souvent arrivé à Linda de se laisser faire volontairement échec et mat par son père, afin de lui faire plaisir, mais cette fois-ci, il faut en convenir, ce fut tout-à-fait de bonne foi qu'elle perdit la partie. Les paroles et les regards significatifs de sa tante lui causaient une vive inquiétude, et, dès le soir même, elle écrivit à Gustave de hâter suffisamment tous les préparatifs, pour qu'elle pût, après Pâques, choisir le premier jour favorable afin d'opérer sa fuite de la maison paternelle.

XIII

Le jour qu'elle attendait tout à la fois avec crainte et impatience était arrivé. Le jeudi matin, Gustave lui avait fait savoir, dans un billet, que toutes les formalités indispensables étaient remplies, elle pouvait fixer le jour du mariage. Elle répondit que, les circonstances se prêtant à sa fuite pour le lendemain, elle quitterait la maison paternelle afin de se trouver le samedi matin, à cinq heures, à la chapelle de Saint-Léonard, en compagnie de Siebel. Elle savait que son père devait être en ville toute la journée du vendredi pour des affaires qui réclamaient sa présence dans le quartier appelé la Ville-Haute. Le soir, lorsque son père, qui voulait partir le lendemain de bonne heure, lui dit adieu en lui souhaitant une bonne nuit, elle put à peine cacher son émotion, en lui donnant le baiser du soir, et en pensant que c'était peut-être pour la dernière fois qu'elle voyait son

père, à qui elle allait faire un si mortel chagrin.

Après une nuit passée à pleurer, en pensant que c'était la dernière fois qu'elle reposait dans la maison paternelle, elle courut le matin à la fenêtre, afin de voir son
père s'éloigner.

A déjeuner, elle engagea ses jeunes sœurs
à profiter du beau temps pour aller passer
la journée chez Mme Siebel. C'était une partie de plaisir que les jeunes filles aimaient
beaucoup à renouveler. Mme Siebel, enchantée de recevoir chez elle ses élèves,
confectionnait alors, en s'agitant beaucoup,
des friandises de leur goût, et les deux
sœurs, après avoir couru dans la maison,
donnant maintes louanges à tous les arrangements domestiques et économiques de
leur chère gouvernante, examinaient les
collections d'histoire naturelle du docteur
et s'amusaient avec le petit Siebel qui,
comme tous les enfants premier-nés, était
doué d'un esprit remarquable et de talents
prodigieux. Olga et Frieda, très-contentes de
la perspective de jouir de tous ces plaisirs,
allèrent faire leur toilette et revinrent, joyeu-

ses, dire adieu à Linda. Celle-ci était tellement émue en les embrassant que, voulant
donner une cause aux larmes qui remplissaient ses yeux, elle prétendit souffrir de
névralgie. Ses sœurs voulaient renoncer à
la partie et rester à la maison, mais avec
une brusquerie qu'elles attribuèrent à l'irritation de ses nerfs, et qui provenait de
l'effort extrême qu'elle faisait sur elle-même,
elle repoussa leur offre, les fit monter en
voiture avec une femme de chambre pour
les accompagner, et, pour les tranquilliser,
elle leur assura que le repos et la solitude
seraient, pour elle, le meilleur des remèdes.
Elle donna au cocher qui les conduisait, la
permission de ne revenir que le soir en les
ramenant, et de passer la journée chez sa
femme qui habitait le village. Dès que la
voiture se fut éloignée, elle dit à la cuisinière qu'étant toute seule à la maison, elle
pourrait se dispenser de ses services, et
qu'elle lui donnait la permission d'aller
voir sa mère qui était malade. Celle-ci ne
se le fit pas dire deux fois et partit immédiatement.

   Après s'être ainsi débarrassée des té-

moins les plus incommodes, elle se mit à
faire ses propres dispositions de départ.
Elle remplit deux malles de son linge, de
quelques toilettes au nombre desquelles se
trouvait celle de mariée qu'elle avait préparée en secret. Puis, elle rassembla avec
ordre, dans sa chambre, tout ce qui lui
appartenait en propre, mit en règle les
comptes de la maison, rangea, dans ses armoires et ses tiroirs, ce qui était à elle,
de façon à ce que tout pût être facilement
trouvé pour lui être expédié. Elle se fit
servir à dîner de bonne heure, puis, au
dessert, s'adressant tout à coup au jeune
domestique qui l'avait servie et qui, depuis
peu dans la maison, cumulait différents
emplois :

— Pierre, dit-elle, vous allez atteler la
petite voiture pour me conduire à la ville.
Je veux aller chez ma tante chez laquelle j'ai
différentes choses à faire porter.

— A quelle heure mademoiselle veut-elle
partir?

— A deux heures.

Elle alla dans sa chambre et y fit sa toilette de voyage. Elle mit, sur sa robe grise,

un ample burnous de même couleur et posa, sur ses cheveux simplement nattés, un
petit chapeau de castor gris ombragé d'une
plume de même couleur, et couvert d'un
voile de gaze anglaise gris. Puis, tout à fait
prête, un petit sac à la main, elle prit la
clef de la chambre de son père et y entra
pour la dernière fois. En se rappelant combien de témoignages d'affection et de tendresse elle avait reçus dans cette même
chambre, elle se sentit douloureusement
oppressée et mouilla de ses larmes les pla-
ces où son père se tenait habituellement ;
puis, après un dernier regard jeté sur le
portrait de sa mère qui lui fit penser avec
amertume que bientôt une autre femme
allait sans doute prendre son nom et sa place
dans la maison, elle passa dans les chambres
de ses sœurs. Son émotion ne put empêcher
un sourire de se faire jour sur ses lèvres,
en observant le contraste qui existait entre
les deux chambres qui se touchaient. Dans
celle d'Olga, des dessins, les uns encadrés,
les autres piqués au mur avec des épingles
et trahissant beaucoup d'originalité et un
véritable talent, donnaient à la pièce un air

artistique qu'un certain désordre contribuait encore à relever. La chambre de
Frieda ressemblait un peu à la cellule d'une
religieuse. Il y régnait une atmosphère de
calme et de pureté, qui était comme le reflet de l'âme douce et candide de celle qui
l'habitait. En regardant le petit lit blanc,
sur lequel elle avait vu si souvent Frieda
sourire doucement à la douleur, elle pleura
et baisa l'oreiller où, le soir, sa jeune sœur
poserait sa tête blonde. Elle parcourut lentement ainsi la maison, touchant tous les
meubles et les objets consacrés par l'usage
et le souvenir. Elle porta les yeux sur les
portraits de famille et il lui sembla que ses
ancêtres, du haut de leurs cadres, la regardaient d'un air menaçant. Prise d'un fris-
son involontaire, elle quitta cette salle où
elle avait passé tant d'heures douces et faciles, sinon heureuses. Elle vit, en passant,
que la voiture était prête et, appelant Pierre
et la fille de service pour charger ses effets,
elle indiqua ces deux malles comme con-
tenant des objets de fourrure qu'elle voulait faire déposer en ville. Puis, elle ne pût
s'empêcher de revoir encore une fois sa

chambre, en ces derniers temps surtout,
l'unique témoin, la seule confidente de tout
ce qui avait réjoui ou affligé son cœur. —
Adieu, adieu, dit-elle. Que ma destinée
s'accomplisse!... et elle monta en voiture.
Encore une fois, elle regarda cette maison
dont les habitants demain seraient en larmes par suite de l'action qu'elle allait commettre. — Oh! mon Dieu, pensa-t-elle,
que ma faute ne retombe pas sur eux...
Partons, dit-elle... Quelques moments
après, la voiture l'emportait au loin et la
maison avait disparu à ses yeux.

XIV

Il n'était pas loin de quatre heures, lorsqu'elle arriva dans la rue où habitait sa
tante qui, ainsi qu'elle le savait, était ab-
sente pour toute la journée. A une certaine distance de sa maison, elle descendit
de voiture et, entrant dans un magasin où
elle était connue, elle demanda la permission d'y déposer deux malles qu'elle vien-

drait reprendre dans une heure avant de se rendre au chemin de fer. Les malles ayant été déposées dans un coin, elle remonta en voiture et la fit arrêter devant la maison de sa tante.

En descendant, elle dit alors à Pierre :

— Retournez maintenant bien vite à la maison, car je me suis décidée à rester en ville et je reviendrai dans la voiture de M. le baron.

Le jeune domestique était trop borné et trop inexpérimenté, pour s'expliquer la suite de démarches insolites, qui auraient éveillé l'attention d'un autre. Son ineptie, cause du choix qu'en avait fait Linda, avait favorisé le plan de celle-ci. L'air un peu hébété, il remonta sur son siége, et, un moment après, il avait tourné le coin de la rue. Linda, pour dérouter les soupçons au cas où des voisins l'auraient observée, entra dans la maison de sa tante, mais s'arrêta derrière la porte cochère et là, au lieu de monter à son appartement, elle tira de son sac un morceau de papier sur lequel elle écrivit à la hâte quelques lignes au crayon, qu'elle mit ensuite dans une enveloppe, où

l'adresse était écrite à l'avance, et qu'elle
ferma prestement. Puis, elle sortit lentement et se dirigea vers une promenade pu-
blique sur laquelle stationnaient des com-
missionnaires; elle en appela un, qu'elle
chargea de porter son billet chez Gustave,
qui habitait un hôtel non loin de là, et lui
dit qu'elle attendrait son retour dans une
allée de la promenade qu'elle lui désigna.

Il avait été convenu entre elle et Gustave, que le jour où un concours de circonstances favorables lui permettrait d'opérer sa fuite, elle lui donnerait un avertisse-
ment auquel il ne devait répondre qu'en
lui envoyant un camellia blanc. Baissant
son voile, et laissant tomber les pans de
son burnous, elle entra dans une allée qui
lui sembla moins fréquentée que les autres.
Elle tremblait à l'idée d'être vue par quelqu'une de ses relations, et attendait inquiète, à l'écart autant qu'elle pouvait, le
retour du messager. Tout à coup elle s'aperçut qu'un jeune homme la regardait avec
persistance en marchant à une petite distance d'elle. Fort émue, elle prit place
sur un banc; bientôt le jeune homme vint

s'asseoir à l'extrémité du même banc. Elle
ne se leva pas tout de suite, de peur de se
donner des allures mystérieuses, mais son
angoisse augmentait de moment en moment, et elle se demandait ce qui avait pu
retarder le messager, lorsqu'elle le vit de
loin arriver tenant la fleur blanche dans les
mains. Elle se leva alors, et, avec calme,
alla à sa rencontre, lui glissa quelque monnaie dans la main, et prit le camélia qu'elle
cacha dans son sac, puis sortant du jardin
et hâtant le pas, elle voulait prendre une
voiture, afin d'aller chercher ses deux malles, lorsqu'elle se rappela tout à coup qu'elle
n'avait plus de monnaie et que cela pourrait la mettre dans l'embarras. Elle prit donc
une rue, où elle savait qu'elle trouverait un
changeur. A peine était-elle entrée dans son
magasin et avait-elle sorti de son portefeuille
les deux banknotes dont elle voulait avoir
le montant en monnaie, qu'elle entendit, à
travers la porte légèrement entrebâillée, la
voix de son cousin Félix, qui riait et causait avec quelqu'un.

— Ma parole, c'était elle, mon cher, tu
sais que j'ai de bons yeux.

— Ma cousine! Linda d'Althof! Allons donc, c'est impossible!

— Je suis sûr de ce que j'ai vu. Je l'ai suivie un moment, puis je me suis assis sur le même banc qu'elle et je n'ai plus eu aucun doute. Un commissionnaire est venu, lui a remis une fleur qu'elle a cachée très-vite sous son manteau, puis elle est sortie du jardin avec précipitation. Je l'aurais suivie si la jolie Mme Hegg n'avait passé alors; je lui ai parlé un moment et j'ai perdu de vue ta cousine.

— Oh! mon Dieu, se dit Linda avec angoisse, cet homme n'aura-t-il donc jamais fini? tandis que le changeur, petit homme au front chauve, à la figure chafouine, comptait, avec une lenteur méticuleuse, les pièces d'or et d'argent.

— Mon cher ami, je t'assure que tu te trompes, reprit Félix. Linda est un ange! Comment peux-tu seulement la soupçonner, elle si sage, si digne, si fière!

— Bah! bah! elle est tout ce que tu voudras, mais j'ai vu ce que j'ai vu; d'ailleurs ce sont souvent les plus fières qui ont le plus de goût aux aventures, car, enfin, la

belle avait beau chercher à le dissimuler,
un galant était caché sous le camélia.

— Je t'en prie, mon ami, dit Félix, n'en
parle à personne et.....

Dans ce moment Linda put enfin mettre
dans sa bourse l'argent que le changeur avait
compté trop longtemps; baissant son voile
et toute tremblante, elle quitta la boutique.
Elle monta précipitamment dans le premier
fiacre qu'elle rencontra, et se fit conduire
au magasin où elle avait déposé ses malles.
Après qu'on les eût transportées, épuisée
de fatigue et d'émotion, elle se jeta sur les
coussins de la voiture, et se fit conduire
chez le docteur Siebel. Lorsqu'elle fut hors
de la ville, elle se dit, en jetant les yeux
sur la campagne qui commençait à verdir,
qu'elle faisait peut-être ce trajet pour la
dernière fois. Elle revit l'endroit de la route
où, le soir du bal de l'année passée, Gustave l'avait saluée, alors qu'elle le croyait
le prince Mericelli. Ce souvenir la fit tressaillir, car elle se demandait si, dès le commencement, elle eût su que celui qui lui
adressait ses hommages s'appelait Gustave
Müller et non pas le prince Mericelli, elle

serait présentement sur le point de faire un mariage clandestin. Pour la première fois, elle reconnut la vanité et l'orgueil comme les sources du mariage qu'elle était entraînée à faire, et elle eut peur devant Dieu et sa conscience. Comment se préparait-elle à recevoir ce sacrement que l'Eglise considère comme grand et auguste ? Il était trop tard maintenant pour reculer, car sa faute envers son père était actuellement aussi grave, aussi entière que si le mariage avait été accompli, et elle ne pouvait manquer de parole à l'homme auquel elle avait promis sa foi.

Ces pensées, qui étaient nées de l'humiliation qu'elle avait éprouvée dans la boutique du changeur, donnèrent momentanément à Linda un peu de calme et de tranquillité. L'humilité ressemble à la rosée qui, lorsqu'elle tombe sur les fleurs, les fait incliner vers la terre et leur donne la vie et la fraîcheur que l'ardeur du soleil leur avait fait perdre.

Il était près de huit heures lorsque la voiture s'arrêta devant la porte du docteur Siebel. Linda fit déposer, sur le seuil, les deux malles, et renvoya le cocher. La lune, déjà levée depuis longtemps, répandait sur la campagne sa douce et blanche lumière. C'était probablement pour ne pas faire injure à ce céleste luminaire que Mme Siebel n'avait pas fermé les persiennes du petit salon où elle se tenait. L'on n'est pas, pendant dix-huit ans, la fiancée de son cousin, l'on n'écrit pas un nombre incalculable de lettres sur du papier rose, sans avoir une forte dose de romantisme et sans, par conséquent, aimer le clair de lune. Mme Siebel en raffolait et, pour ne pour ne pas perdre un seul de ses rayons, les persiennes étaient ouvertes, ce qui permettait de jouir de l'aspect de son intérieur. Assise près d'une table à ouvrage, modestement éclairée par une petite lampe, elle reprisait les chaussettes de son époux bien-aimé que l'on voyait, dans une pièce à côté, occupé à écrire. Linda ne jeta qu'un rapide coup d'œil sur ces deux tableaux d'intérieur, et, après avoir sonné, elle fut introduite au salon.

A son aspect, la femme du docteur poussa un cri d'étonnement.

— Comment, c'est vous, chère Linda!
Pour quel motif venez-vous si tard? Vos
sœurs ne m'avaient pas annoncé votre visite. Mais comme vous êtes pâle! Voulez-
vous prendre quelque chose?

Pendant cet exorde, Linda s'était assise
sur le canapé.

— Ecoutez-moi, chère Anna, je n'ai
besoin de rien et j'ai quelque chose de
très-important à vous dire.

Après avoir respiré péniblement, elle fit
brièvement et d'une voix que l'émotion
rendait saccadée, le récit de sa liaison avec
Gustave, et du mariage décidé entre eux, et
qui devait avoir lieu le lendemain. — Je
viens, dit-elle en terminant, prier le docteur
de vouloir bien être mon témoin, et quant
à vous, chère Anna, vous ne pourrez pas
refuser de me tenir lieu de mère dans cette
circonstance si solennelle.

— Mon Dieu, mon Dieu! que va dire le
docteur, dit sa tendre moitié, en levant les
mains, sur l'une desquelles était tendue
une chaussette bleue. Que dira-t-il! Est-ce
vraiment possible! Comment donc, Linda,
avez-vous pu vous oublier à ce point?

— Anna, faites-moi grâce, pour le moment, de vos exhortations et de vos remontrances, dit Linda, d'une voix impérieuse et presque dure. Allez raconter la chose à votre mari, expliquez-lui la nature du service que je le prie de me rendre, et priez-le de venir ici.

La petite femme du docteur obéit et revint un instant après avec son cher Théodore.

Le docteur Siebel était aussi grand, aussi gros, aussi blond, aussi lent et aussi calme que sa femme était petite, maigre, brune, vive et agitée. Du reste, sa physionomie exprimait la bonté et le bon sens.

— Mademoiselle, dit-il en s'inclinant pesamment devant Linda, ne m'en voulez pas, je vous en prie, si je recule devant le rôle que vous voulez me donner. Songez un peu à ce que pourra dire M. le baron, s'il apprend que ma femme et moi avons prêté notre concours à... à.....

— A mon enlèvement, dit Linda avec un sourire amer. Il faut appeler les choses par leur nom, monsieur le docteur.

— Le nom est la moindre des choses, dit

le docteur avec le plus grand calme, mais...
vous devez comprendre que, lorsque l'histoire de votre mariage sera connue dans le
public, cela nous ferait à tous deux le plus
grand tort, si l'on savait que nous y avons
donné la main. Monsieur votre père ne
croira jamais que, jusqu'à ce moment,
nous ayons ignoré votre projet; il nous re-
tirera sa confiance, et ma foi... il n'aura pas
tort.

— Mais, monsieur, dit Linda avec force,
si j'ai tenu à vous demander ce service,
c'est parce que je suis bien convaincue que
votre présence et celle d'Anna ôterait, à la
cérémonie de demain, ce qu'elle pourrait
avoir de douteux aux yeux de bien des gens,
et particulièrement de mon père. Mon mariage s'accomplit dans les conditions de parfaite validité. Nous sommes tous deux
majeurs, le prêtre qui nous unira est
approuvé par l'Eglise, toutes les formalités indispensables ont été remplies; par
conséquent, mon père ne pouvant rien
faire pour annuler mon mariage sera
forcé de l'accepter, et je suis sûre que
le fait d'avoir eu pour témoins des gens

comme vous et Anna le lui rendra plus facile.

— Je comprends parfaitement votre idée, à votre point de vue, mademoiselle; mais peut-être ne vous mettez-vous pas au nôtre.

Puis, comme Linda, profondément humiliée par ce débat, gardait le silence, il reprit un moment après, tandis qu'il se frottait le menton d'un air méditatif.

— Il y aurait peut-être un moyen d'arranger les choses. Je pense, mademoiselle, que vous avez l'intention d'écrire à M. le baron ?

— Certainement, dit Linda avec vivacité. Demain, tout de suite après la cérémonie, nous partirons pour rejoindre la station à P... Là, avant de monter en wagon, j'écrirai à mon père.

— Eh bien, mademoiselle, si vous désirez nous voir assister à votre mariage, voilà ce que vous pourriez faire, afin d'atténuer le mauvais effet que pourrait produire, sur le monde, la connaissance de la participation que nous aurions semblé prendre à l'évènement. Ecrivez ce soir, en la datant, bien entendu, une petite déclaration dans laquelle vous expliquerez à M. le baron que désirant, en un certain sens, le rassurer sur l'apparence suspecte ou douteuse de votre mariage, vous avez tenu à avoir pour témoins M. et Mme Siebel, qui, vous en donnez votre parole d'honneur, ignoraient complétement et votre liaison et le mariage projeté. Vous mettrez ce papier dans la lettre que vous enverrez demain à M. le baron, et vous m'en laisserez un double signé de votre main, qui me sera très-utile au cas où votre lettre viendrait à être perdue et qui, produit devant monsieur votre père, lui donnera la preuve que je n'ai pas agi légèrement, en consentant à remplir l'office que vous requerrez de moi.

— C'est une excellente idée, docteur, dit Linda en lui tendant cordialement la main. Je vous remercie, et si vous voulez bien me conduire dans votre cabinet, j'y rédigerai la note en question.

— Ne voulez-vous pas prendre quelque chose, avant de vous mettre à écrire ?

— Non, non, après. Chère Anna, je vous

prierai de me préparer une tasse de thé, c'est tout ce que je peux prendre aujourd'hui.

— Oui, je tiendrai prête une tasse de thé bien chaud avec des biscuits à l'anis ; cela vous fera du bien, dit Mme Siebel, dont le visage s'était rasséréné, en pensant au bonheur qu'il y avait à être la femme d'un homme de génie comme le docteur Siebel.

Une heure et demie après, Linda, ayant remis la note en question au docteur et fait honneur au thé et aux biscuits de la bonne Anna, se trouva enfin seule dans la chambre qui lui avait été préparée.

Elle sortit de la malle, sa robe blanche et tous les apprêts de sa toilette de mariée, et les posa à côté de son lit, puis, après une courte prière, épuisée de fatigue et d'émotions diverses, incapable de penser et de réfléchir, elle se coucha et s'endormit profondément.

XV

Il faisait encore nuit quand, le lendemain à quatre heures, Mme Siebel, en robe de chambre, le bougeoir à la main, après avoir gratté à la porte, se glissa comme un fantôme dans la chambre de Linda pour l'éveiller et allumer sa bougie.

— Mon Dieu, mon Dieu! qu'est-ce qu'il y a, s'écria Linda, éveillée subitement et effrayée en voyant, dans une chambre inconnue, cette petite femme enveloppée dans une longue robe brune, s'agitant de çà, de là.

— Ce n'est rien, ma chère, c'est moi, dit Mme Siebel qui fit de sa petite main osseuse une sorte d'abat-jour, assez incomplet, car la flamme jeta un reflet sur la toilette blanche étalée sur la chaise.

— Ah! c'est donc aujourd'hui! dit Linda en soupirant et en tournant la tête sur l'oreiller.

— Nous prendrons du café ensemble avant..... avant d'aller à l'église, dit Mme Siebel d'une voix qui était pleine de réticences.

— Oui, oui, dit Linda complétement ramenée à la situation présente.

Elle fit lentement sa toilette, puis sa priè·re. Elle achevait cette dernière, quand une petite servante, le bonnet de travers, l'air endormi, vint la prévenir que le déjeuner était prêt. Elle descendit dans la salle à manger où elle trouva les époux Siebel qui l'attendaient. Bientôt la voiture qui avait amené à l'église Gustave, son ami et l'ecclésiastique qui devait bénir le mariage, vint la chercher ainsi qu'il en avait été convenu. Pendant qu'on chargeait ses effets, tremblante elle monta dans sa chambre pour terminer les derniers apprêts. Mme Siebel, en s'agitant et en se remuant beaucoup, lui mit son voile et sa couronne, pendant que la petite servante, tout ahurie, tenait deux bougies pour l'éclairer. Linda se sentait si triste, si malheureuse qu'elle aurait inspiré une profonde pitié à ceux auxquels l'on aurait dit que le mariage qui allait être célé-

bré dans un moment devait, en la séparant
de tous les siens, attirer sur elle la juste colère de son père.

— Anna, Anna! mademoiselle! êtes-vous
prêtes, cria le docteur du bas de l'escalier.
Il est cinq heures moins dix minutes.

— Partons, dit Linda qui, fatiguée des
indécisions de Mme Siebel sur la manière
de poser son voile, le fixa elle-même avec
deux épingles. Elle s'enveloppa dans un
grand burnous blanc, qui devait la proté-
ger contre l'air vif du matin et monta dans
la voiture où les Siebel prirent place également.

Le trajet assez court s'opéra silencieusement. Linda était tout à sa tristesse et à
cette angoisse qui, même dans une union
contractée sous des auspices favorables,
saisit le cœur d'une jeune fille, le jour où
elle quitte un passé connu, pour aller au-
devant d'un avenir inconnu. La voiture
s'arrêta devant le cimetière, qu'il fallait traverser pour arriver à l'église.

Gustave s'élança à la portière, et l'air ra-
dieux de sa physionomie rendit un peu de
courage à Linda. Il baisa avec transport la

main qu'elle lui tendit et lui donna le bras pour traverser le cimetière. Elle était bien belle dans cette robe blanche qui effleurait les tombes, et Gustave la contemplait avec ravissement, mais elle était si pâle que, si on l'avait vue errer seule dans le champ du repos, on l'eût prise plutôt pour l'ange de la mort que pour une heureuse fiancée.

Lorsqu'ils furent arrivés sous le porche rustique de la petite église, Gustave, après avoir été présenté aux Siebel par Linda, lui présenta, à son tour, son ami et témoin M. Ebers. La solennité de ce moment ne put faire taire les préoccupations de sa vanité, et, en remarquant la tournure gauche et l'élégance de mauvais goût du témoin de Gustave, elle se demanda en soupirant si tous ses amis avaient un air aussi commun. Le ciel commençait à se dégager des brumes grisâtres du crépuscule, et du côté de l'orient avait déjà ces teintes roses qui précèdent le lever du soleil. Cinq heures sonnèrent à l'horloge du village, M. Siebel offrit le bras à Linda, et ils entrèrent à l'église. Une demi-heure après, quand elle en

sortit, devant Dieu et devant les hommes
elle était la femme de Gustave. Dans le cimetière, Mme Siebel, donna pleine liberté
à ses larmes, qu'elle avait retenues avec
peine jusque-là, elle embrassa Linda, qui la
remercia ainsi que le docteur du service
qu'ils lui avaient rendu. Celui-ci, ainsi que
M. Ebers, crut lui être agréable en l'appelant Madame.

— Ah! dit-elle, c'est dans un cimetière
qu'on m'appelle ainsi pour la première fois!
et elle détourna la tête en frissonnant. Elle
monta en voiture. Gustave prit place à côté
d'elle. Les Siebel leur adressèrent quelques
paroles amicales, puis la voiture les emporta dans cette vie nouvelle qui allait commencer pour eux.

XVI

Retournons à Neuhof, et voyons ce qui s'y
passa après le départ de Linda. Vers les six
heures du soir, les deux jeunes filles revin-

rent de chez Mme Siebel, et ne furent point surprises en apprenant, par les domestiques, que Linda avait été en ville. Elles pensèrent qu'elle reviendrait le soir avec leur père. Cependant, dans la soirée, Olga, ayant été chercher un livre dans la chambre de Linda et ayant un peu fureté, comme elle le faisait volontiers, remarqua qu'elle avait laissé les clefs aux armoires et aux tiroirs. En rentrant au salon, elle en fit l'observation à Frieda et ajouta :

— C'est assez singulier, car elle ne le fait jamais d'ordinaire, et elle m'a grondé bien souvent lorsque j'avais oublié de retirer mes clefs.

— Elle l'aura oublié cette fois, dit Frieda, ou bien elle aura été trop pressée pour avoir le temps de le faire.

Puis, sans se préoccuper davantage de cette circonstance, elles parlèrent d'autre chose. Il était neuf heures passées, lorsque M. d'Althof revint. Il était de fort bonne humeur, car son banquier lui avait appris le succès inespéré d'une affaire très-avantageuse, et pressé de communiquer cette nouvelle à Linda, qu'il ne voyait pas au salon, il demanda immédiatement où elle était.

— Comment, papa, n'est-elle pas revenue avec vous? dit Olga. Je pensais qu'elle
était dans sa chambre.

— Comment, avec moi! Mais tu sais
bien qu'elle est restée à la maison!

— Mais non, papa, reprit-elle. Ce matin elle nous a engagées à aller passer la
journée chez Mme Siebel. Marguerite est venue avec nous, et Jean nous a conduites. En
revenant à six heures, Catherine nous a dit
que, tout de suite après le dîner, Linda avait
fait atteler la petite voiture, et s'était fait conduire chez notre tante par Pierre. Catherine
m'a dit qu'elle avait emporté deux malles
très-lourdes dans lesquelles il y avait des
fourrures qu'elle voulait porter chez le
fourreur probablement.

— Qu'est-ce que tu racontes là? cela n'a
pas le sens commun, dit le baron impatienté. Sonnez; afin d'appeler ce nigaud de
Pierre.

— Où donc avez-vous conduit Mlle Linda cette après-dînée? dit M. d'Althof au
jeune domestique complétement déconte-
nancé en voyant l'air irrité de son maître.

— Après le dîner, que c'est moi qui l'ai servi, mademoiselle m'a dit qu'elle voulait aller en ville chez sa tante, pour lui porter des choses, et puis alors après que nous nous sommes arrêtés chez Tinner, pour déposer les deux malles, puis ensuite devant la maison de Mme la comtesse, mademoiselle m'a dit comme ça que je devais retourner bien vite à la maison, parce qu'elle reviendrait dans la voiture à M. le baron.

— L'on ne peut pas comprendre un mot de ce que vous dites, imbécile que vous êtes, dit M. d'Althof exaspéré. Sortez.

Le jeune homme ne se le fit pas dire deux fois.

— Cher papa, dit Frieda doucement, je suppose que ma tante aura retenu Linda pour passer la nuit. Et, comme demain nous allons dîner chez elle, nous les trouverons toutes deux enchantées de nous avoir joué cette petite farce que le mois d'avril autorise, dit-elle en souriant.

— C'est, évidemment, la seule supposition raisonnable qu'on puisse faire, dit le baron visiblement adouci. Mais que signifie toute cette histoire de malles?

— Oh! papa, dit Frieda encouragée par
l'attention que son père lui avait prêtée, je
suis sûre que c'est une bêtise du pauvre
Pierre. Il en fait tant!

— Il est vrai que c'est un fameux imbécile, dit le baron qui, dans ces paroles, dé-
chargea le reste de sa colère. Demain, sans
aucun doute, le courrier m'apportera un
billet de Linda qui éclaircira toute l'affaire.

Et, après avoir dit bonsoir à ses filles,
M. d'Althof se retira dans sa chambre, fort
contrarié de n'avoir pu communiquer à sa
fille chérie la nouvelle qui l'intéressait.

Le lendemain matin il attendit avec impatience l'heure de la poste et, après avoir
préparé son courrier, il entra dans la chambre de Linda afin de chercher la clef qui ouvrait le portefeuille. Il fut très-surpris, ainsi
qu'Olga l'avait été la veille, de voir les clefs
à tous les tiroirs.

— C'est étonnant, pensa-t-il, elle qui a
tant d'ordre et qui, par principe, ainsi qu'elle
le dit, ne laisse jamais une clef à une serru-
re, afin de ne pas tenter l'indiscrétion des
domestiques. Il faut qu'il y ait eu quelque

chose de très-précipité dans son départ. Vraiment, je n'y comprends rien.

Ne pouvant contenir son impatience, il sortit pour aller à la rencontre du messager, et, lorsqu'après avoir ouvert le portefeuille, il n'y trouva pas de lettre de Linda, son impatience commença à faire place à une inquiétude plus grande qu'il ne voulait se l'avouer.

Non loin de la maison, il rencontra Frieda qui n'eut pas besoin de le questionner pour savoir ce qui en était.

— Cher papà, dit-elle avec enjouement, vous allez voir que Linda, d'accord avec la tante, nous prépare une surprise.

— C'est mal commencer que de me donner de l'inquiétude, dit M. d'Althof qui ressentait une certaine irritation contre Linda.

— Vous verrez, mon père, que je ne me trompe pas.

— En attendant va te préparer, ainsi qu'Olga, pendant que je ferai atteler.

En route, les deux jeunes filles cherchèrent en vain à distraire leur père. Il était tellement absorbé par de sombres pensées, qu'il prononça à peine quelques paroles pendant tout le trajet.

Arrivé devant la maison de Vernerode, il monta l'escalier avec une vivacité toute juvénile, et se précipita dans le salon, où la comtesse, dans une toilette fort élégante, semblait attendre ses hôtes.

— Qu'y a-t-il donc, Ferdinand ? dit-elle en le voyant subitement devenir pâle lorsqu'il ne vit pas sa fille.

— Où est Linda ? dit-il, respirant à peine.

— Linda, répéta-t-elle d'une voix étonnée. Est-ce qu'elle devait venir ici avant vous ? Je ne l'ai pas vue.

— Elle n'est pas venue hier, dans l'après-dînée, chez vous ?

— Chez moi ? Pas le moins du monde ! D'abord elle savait très-bien qu'hier je n'étais pas à la maison, puisque je lui avais dit que je passais la journée à la campagne.

— Mon Dieu ! mon Dieu ! Qu'est-il donc arrivé ? dit le malheureux père qui tomba anéanti sur une chaise, incapable de prononcer une parole.

Les deux jeunes filles commencèrent à pleurer et à sangloter, et Frieda rendit avec usure les larmes que Linda avait répandues la veille sur son oreiller.

La comtesse, qu'une joie secrète animait intérieurement, se dit que les circonstances la favorisaient merveilleusement et qu'il n'y avait qu'à bien jouer son rôle.

Avec le ton du plus affectueux, du plus tendre intérêt elle supplia son beau-frère de ne point se laisser aller au désespoir. Parfaitement convaincue que Linda s'était fait enlever, elle eut l'air de croire à un accident quelconque et non à sa culpabilité. Elle envoya, sur-le-champ, un de ses gens à la poste, afin de savoir s'il n'était pas arrivé de lettre pour le baron; puis lorsque, par la fenêtre, elle vit revenir le domestique, se penchant vers M. d'Althof, elle lui dit à demi-voix :

— Ne serait-ce pas prudent... à tout hasard... d'éloigner ces fillettes. Nous ne savons pas ce qu'il pourrait y avoir dans la lettre.

— Vous avez raison, et toujours raison, Emma.

La comtesse, alors, d'un ton tout-à-fait maternel, engagea, sous un prétexte frivole,

Olga et Frieda à la suivre dans le salon à côté, où s'adressant à elles, comme si elles avaient été de petits enfants, elle les tranquillisa en les assurant que leur sœur reviendrait dans la journée. Puis, elle rentra au salon, au moment même où le domestique remettait au baron une lettre qu'il ouvrit en tremblant. Elle était datée de P., une petite ville à quatre heures de B., et était ainsi conçue :

« Mon Père,

« Peut-être ne me permettrez-vous plus de vous donner ce nom, lorsque vous saurez que ce matin, à cinq heures, j'ai épousé, dans l'église de Saint-Léonard, M. Gustave Müller, employé dans la maison de commerce W. et Cie, à D. ; mais, mon père, si je n'ai pas craint de vous offenser aussi gravement, c'est parce que j'étais assurée que jamais vous n'auriez accordé, à mes prières et à ma tendresse, le bonheur que j'ai voulu chercher dans le choix fait par mon cœur. Vous trouverez ci-joint une note explicative, dont M. Siebel possède le double, par laquelle j'ai tenu à vous donner une assurance positive et formelle que, jusqu'à hier soir, M. Siebel et sa femme ignoraient complétement ma liaison avec M. Müller, ainsi que le mariage projeté entre nous. Je veux espérer que le service d'ami qu'ils m'ont rendu ne leur fera tort, ni dans votre esprit, ni devant ceux qui me jugeront. C'est par eux que vous connaîtrez mon adresse. Donnez le bonjour à mes sœurs pour moi, je vous prie, et ne leur apprenez pas à me haïr ou à me mépriser. Adieu, mon père, je n'ose demander votre bénédiction, mais j'ose implorer votre pardon, car, si grandes que soient ma faute et votre colère, vous ne pouvez oublier que je suis votre fille,

« Linda MULLER. »

Pendant la lecture de cette lettre, la figure de M. d'Althof s'était tellement décomposée, que la comtesse effrayée courut chercher de l'éther et du vinaigre.

Pendant ce temps, il tira une seconde lettre de l'enveloppe ; celle-ci était très-courte.

« Monsieur le baron,

« Lorsque vous saurez que je suis le fils

d'Emilia Scanderini dont vous avez été le fiancé, et que vous avez ensuite si cruellement abandonnée, peut-être croirez-vous qu'en enlevant votre fille j'ai voulu venger ma mère. Non, monsieur le baron, non. L'amour seul m'a porté à tout faire pour devenir l'époux de votre fille et c'est lui qui m'inspirera les moyens de la rendre heureuse.

« Recevez, monsieur le baron, l'expression de mes sentiments respectueux et dévoués.

« Gustave MULLER. »

La lettre de Linda était tombée à terre, et la comtesse s'en saisit avec une audace que la circonstance pouvait à peine excuser. Tenant crispé dans sa main le billet de Gustave, le baron resta plus d'une heure dans le fauteuil, les yeux à demi-fermés, et il eût été impossible de dire si c'était le passé, le présent ou l'avenir qui occupait le plus les pensées de son esprit, dans ce moment où, par la commotion qu'il venait de recevoir, toutes les facultés de son âme étaient éveillées en même temps. Il se revit

aux jours de sa jeunesse, lorsque la belle
Emilia tenait, comme dit le poëte, son âme
dans ses mains, par les regards de ses
beaux yeux et par les accents de sa voix
suave. Il se la rappela telle qu'elle était le
jour où il l'avait vue pour la dernière fois.
A cette image, succéda le souvenir heureux
de son mariage, de son fils qui lui avait été
si tôt enlevé, puis la pensée que cette fille
si belle, si aimable, si dévouée, non-seulement n'était plus à lui, mais que de son
propre gré, elle avait donné son cœur et sa
main à un étranger, qu'il se trouverait honteux de nommer son gendre. Cette idée lui
sembla si affreuse, si incompréhensible,
qu'il eût voulu perdre la faculté de sentir et
de penser. Comment, elle — Linda — sa
fille préférée et chérie entre toutes — avait
pu le tromper, en entretenant une liaison
clandestine qui pouvait la déshonorer, ainsi
que sa famille, si elle avait été connue dans
le monde? Le jour où il avait été si touché
en la voyant refuser la demande en mariage
du comte d'Isenstedt, il avait été trompé,
trompé indignement par cette fille chérie
qui était sa joie et son orgueil! Cette pen-

sée, qui était aussi odieuse à ses sentiments
paternels qu'à son amour-propre, sembla le
réveiller de la torpeur dans laquelle il se
trouvait. Il se leva brusquement et commença à parcourir le salon à grands pas.

La comtesse l'observait en silence, et se
rendait parfaitement compte des mouvements divers dont son âme était agitée.
Elle se disait qu'elle n'avait plus qu'à attendre l'instant qui, par la force des choses,
allait amener la réalisation de ses projets.

Comment la maison irait-elle sans la direction de Linda? qui ferait les inspections
des travaux? qui tiendrait les comptes du
ménage? qui serait toujours là pour jouer
avec lui aux cartes ou aux échecs, pour lui
faire la lecture, pour causer avec cette grâce
et cet à-propos heureux qu'elle mettait en
toute chose. Bien souvent déjà, il avait ca-
ressé l'idée d'un mariage avec la comtesse
de Vernerode, mais la pensée du chagrin
qui pourrait en résulter pour Linda l'avait
empêché de donner cours à ces projets, et
depuis qu'en refusant le comte d'Isenstedt
elle avait témoigné le désir de ne jamais le
quitter, il s'était dit que, pour le moment

du moins, il devait ajourner tout projet de mariage. Dans ce moment cette idée, en se présentant à son esprit et en le faisant sourire intérieurement, lui apparut, non-seulement comme une consolation, mais comme une vengeance offerte à son ressentiment. S'il allait avoir un fils, au profit duquel il put déshériter cette fille coupable.

M. d'Althof marchait toujours en silence, tout à coup il s'arrêta devant la comtesse assise nonchalamment sur une causeuse.

— Emma, dit-il en la regardant tendrement et en prenant sa main, je n'ai plus que vous au monde !

XVII

Deux années viennent de s'écouler. Nous retrouvons Linda dans un joli petit salon, à D., où elle demeure depuis son mariage. Elle travaille à un ouvrage de tapisserie qui, évidemment, n'occupe pas son esprit, car elle lève souvent les yeux, et son regard, en se portant du côté de la fenêtre, semble

errer dans le vide. Elle est toujours belle,
mais il y a sur sa physionomie je ne sais
quoi de froid et de rigide qui rappelle l'in-
sensibilité du marbre, et l'on ne peut s'empêcher de penser en la voyant que le temps,
qui a emporté ces deux années de sa vie,
a dû avoir des ailes de plomb. Elle avait
contracté une de ces unions qu'une grande
passion seule peut expliquer, sans posséder
dans son cœur l'amour qui eût pu lui faire
oublier, pour quelque temps du moins, la
maison de son père et tous les avantages
de sa position.

Choquée de ne pas trouver chez Gustave
l'élégance raffinée de ton et de manières
auxquelles son père l'avait habituée, elle
témoigna d'abord un étonnement qui, après
avoir affligé son mari, avait fini par le blesser profondément. Dans le commencement
de son mariage, sous l'impression de l'a-
doration qu'il éprouvait pour sa femme,
et de cette humilité qui accompagne toujours un véritable amour, il avait répondu
avec grâce et enjouement aux marques de
désapprobation données par Linda sur
telle ou telle chose. Mais quand il s'aperçut

qu'elle mettait un parti pris et un dédain aristocratique à le critiquer dans des goûts et des
habitudes, à tout prendre, fort innocentes,
il changea de rôle, et sut bientôt faire entendre à Linda que c'était à elle et non à lui
à modifier, s'il le fallait, sa manière de voir.
Linda, blessée de n'être plus considérée
comme une idole par l'homme qui, pensait-
elle, ne pourrait jamais avoir assez de sou-
mission, en retour des sacrifices qu'elle lui
avait faits, se retrancha dans un ton de
fierté qui affligea et blessa Gustave. Le sentiment d'amour et de tendresse qu'il aurait
voulu consacrer tout entier à Linda, en étant
refoulé, le fit souffrir cruellement, et agis-
sant comme un poison corrosif sur les qualités aimables et les facultés aimantes de
son âme, altéra complétement son caractère, et Linda, plus d'une fois, avait
reconnu qu'elle s'était donné un maître
qui, parfois, se montrait aussi dur et aussi
impérieux qu'il aurait pu être tendre et
affectueux.

En arrivant à D., Gustave avait naturellement voulu la mettre en rapports avec la
femme de son patron, ainsi qu'avec celles

des principaux employés de la maison de
commerce dont il faisait partie, mais Linda,
en faisant ses visites, s'était montrée si
froide, si fière, si dédaigneuee, que ces dames étaient tombées d'accord pour décla-
rer unanimement que Mme Müller, se montrant si hautaine et si orgueilleuse, elles ne
pouvaient mieux faire que de la laisser
seule ; Linda, en effet, fut laissée dans un
isolement qui, disait-elle, lui convenait
bien mieux qu'une société vulgaire, mais,
bientôt il commença à lui peser d'autant
plus que Gustave, continuant à voir ses
anciennes relations, la laissait très-souvent
seule à la maison. Habituée, comme elle
l'avait été depuis sa jeunesse, à diriger une
grande maison et plusieurs domestiques,
elle trouvait très-mesquin le petit ménage
bourgeois dans lequel une cuisinière et une
femme de chambre composaient toute la
domesticité. Elle se sentait honteuse, lorsqu'en montant dans un modeste fiacre,
elle se rappelait l'équipage élégant et ar-
morié de son père, mais en ne réussissant
pas toujours à cacher son orgueilleux dépit, elle comprenait que sa dot, fort modi-

que, lui interdisait la moindre observation et qu'elle devait se borner à faire en elle-même ses comparaisons entre le passé et le présent. En effet, le revenu qui fournissait amplement à sa toilette de jeune fille et à la satisfaction de ses fantaisies, entrait pour le cinquième seulement dans le total des dépenses faites par le jeune ménage, et, en se rappelant cette circonstance qui humiliait son orgueil, elle maudissait une chaîne dont l'amour aurait pu lui alléger le poids.

Elle n'avait eu des nouvelles de sa famille que par le docteur Siebel, car son père, après lui avoir renvoyé, jusqu'à la dernière épingle, tout ce qui lui appartenait en propre, avait étendu jusqu'à Mme Siebel la défense qu'il avait faite à ses filles d'avoir quelque communication avec elle. Deux mois après la fuite de Linda, M. d'Althof avait épousé la comtesse de Vernerode qui, l'année suivante, à son extrême désappointement, lui avait donné une fille de plus, au lieu du fils qu'il avait tant désiré. Les rares et courtes lettres du docteur, lui donnaient peu de détails; par conséquent, elle vivait aussi séparée de sa famille que de ceux qui auraient dù lui en tenir lieu.

Linda était, comme nous le disions, occupée à broder lorsque son mari entra au salon.

Le changement qui s'était opéré dans ses sentiments et son caractère s'était traduit visiblement sur son visage. Ses sourcils noirs, en se rapprochant et n'étant séparés que par un pli profond, indice de l'agitation de la pensée, donnaient à sa physionomie un air dur et sauvage que l'expression mélancolique de ses yeux rendait plus frappante encore.

Avant d'avoir dit un mot à sa femme, il alluma un cigare et se mit à fumer en se promenant à grands pas.

Linda lui fit quelques questions sur des sujets indifférents, auxquelles il ne répondit que par monosyllabes. Puis, tout à coup s'arrêtant devant elle :

— Linda, dit-il d'un ton de commandement, nous sommes invités, pour demain, chez M. Vinkler (c'était le nom du patron de sa maison). Il donne une grande soirée en l'honneur du mariage de M. Horn, le second caissier, qui revient de son voyage de noce. Comme Horn est un de mes bons camarades, non-seulement je veux aller à la soirée, mais je veux que tu y viennes.

Linda, fort blessée du ton de Gustave, répliqua avec aigreur :

— Tu aurais bien pu me le dire à l'avance, afin que je prépare une toilette.

— Vraiment, dit-il ironiquement. J'aurais cru que, dans la garde-robe de Mlle d'Althof, il se trouverait une toilette suffisante pour convenir à Mme Müller.

Ces paroles, dans lesquelles Linda crut voir une allusion à la modicité de sa dot, inférieure à la fortune de son mari, firent monter le rouge de la colère à son visage. Redressant la tête avec l'expression de la fierté offensée, elle se retourna vers Gustave, et dit en le regardant dédaigneusement :

— En vérité, Gustave, si tu te plais à oublier qui je suis et qui tu es, je puis t'assurer que, moi, je m'en souviens.

Elle n'eut pas plutôt prononcé ces paroles, qu'elle eût donné tout au monde pour les reprendre. Le visage de Gustave devint d'une pâleur livide. Il leva le bras, s'avan-

11

çant vers sa femme comme pour la frapper, puis, le laissant retomber subitement, il sortit précipitamment sans dire une parole.

Linda fut atterée. Jamais encore la colère de son mari ne s'était manifestée de cette manière, et les mots les plus durs de sa part lui eussent été plus faciles à supporter que l'idée de le revoir après ce qui venait de se passer.

Ses yeux, en ce moment, tombèrent par hasard sur le calendrier, et elle vit que c'était le 3 avril. Le 3 avril ! c'était ce jour-là qu'elle s'était mariée ! Mon Dieu, mon Dieu ! comment les choses avaient-elles pu arriver à ce point ? Elle avait mortellement offensé son père afin d'épouser Gustave, et cet homme auquel, deux ans auparavant, elle avait juré devant Dieu amour, respect et obéissance, elle l'avait provoqué à lever la main contre elle !

Elle eut tout le loisir de se livrer à ses réflexions, car elle passa tout le reste de la journée dans la plus complète solitude. Gustave, comme il le faisait quelquefois, passa la soirée à son club et ne revint à la maison que fort tard, et lorsque Linda était couchée depuis longtemps. Les réflexions qu'elle fit pendant la nuit amenèrent sur sa physionomie, sans qu'elle s'en doutât, un reflet d'humilité et de douceur qui fit impression sur Gustave. Aussi, lorsque le lendemain il vint pour le dîner, il se montra plus aimable qu'il ne l'avait été depuis quelque temps. Linda, un peu rassurée par cette éclaircie dans l'humeur de son mari, se sentit mieux disposée qu'elle n'avait cru pouvoir l'être, pour la soirée à laquelle ils devaient assister. Elle passa son après-dînée à compléter les préparatifs d'une toilette dans laquelle elle voulait plaire à Gustave, afin d'essayer de ranimer l'amour des jours passés. Elle mit une robe en taffetas vert d'eau clair, glacé de blanc, et par-dessus, une tunique en tulle brodé, avec un semis de perles de cristal qui simulaient parfaitement des gouttes de rosée. Des fleurs aquatiques blanches, avec de longues traînes de feuillage, couvertes de cette même rosée, retenaient d'un côté les plis gracieux de sa tunique, et formaient le plus charmant diadème sur ses cheveux blonds. Elle prit sa cassette à bijoux, pour y chercher le com-

plément de sa parure. Elle en avait de très-
beaux, qui lui venaient de sa mère, et
d'autres moins remarquables par leur valeur que par le bon goût de leur monture,
qui lui avaient été donnés par Gustave, à
l'époque de son mariage. Elle tira du précieux coffret une parure de perles, qui avait
été donnée à sa mère par la reine, lorsqu'elle
s'était mariée, et une autre en algues marines, le premier cadeau que lui eût fait son
mari, et qu'elle n'avait encore jamais mise.
Elle hésita un moment, regardant alterna-
tivement l'une et l'autre parures. Celle donnée par Gustave convenait parfaitement à
sa toilette, avec laquelle elle s'harmonisait
admirablement. Cette voix secrète, qui nous
rend de si grands services lorsque nous
voulons l'écouter, disait doucement à son
oreille, qu'en faisant à son mari le plaisir
de se parer du cadeau qu'il lui avait fait,
elle pourrait peut-être effacer bien des choses pénibles. Déjà elle ouvrait le fermoir
du collier d'algues marines pour l'agrafer à
son cou, lorsqu'elle fit un mouvement qui,
en la rapprochant de la psyché, lui permit
de se voir dans la glace. Elle était vraiment

bien belle, et la glace le lui répéta. Ce certain petit génie, qui se cache dans les tiroirs les plus secrets d'une table de toilette, commença à lui dire en ricanant : « Comme tu es belle ! Comme tu es séduisante ! Tous les hommes seront à tes pieds ce soir. Pourquoi donc mettre ces pierres si communes, toi qui, ne dois porter que les bijoux les plus précieux ? Comment, toi, tu te parerais de ce collier bourgeois, offert par ce petit commis auquel tu as fait l'honneur de donner ta main ? En vérité, que sont devenues la fierté et la dignité de la noble et belle Linda d'Althof ? On n'en trouve pas trace dans l'acte de condescendance par lequel tu veux plaire à cet homme ! Il y a un autre moyen de le ramener tremblant à tes pieds. Enfonce dans son cœur le dard de la jalousie. Tu peux captiver et rendre ton esclave le premier homme auquel tu voudras plaire. » Linda fit un mouvement d'horreur, remit le collier de perles dans l'écrin et reprit celui d'algues marines. « Comment, dit le petit génie, tu es assez bonne pour mettre ces vulgaires cailloux, afin de faire une concession à l'honnête bourgeois qui hier a levé la main sur toi. Allons donc ! Gustave saura maintenant, qu'en levant la main sur toi, il peut tout obtenir. Nous verrons bien ce qu'il obtiendra, lorsqu'il se mettra à battre la fille du baron d'Althof ! Ha ! ha ! ah ! cela sera charmant. »

Linda, frémissante, prit le collier de perles et l'agrafa d'une main fiévreuse ; mais le mouvement par lequel elle rejeta l'écrin de son mari fut si brusque, que le collier tomba à terre. Elle attacha les bracelets à son poignet délicat et mit dans ses cheveux les épingles de perles, pour retenir une boucle dans laquelle se cacha, en riant, le malin génie, heureux d'avoir si bien réussi. Debout, devant la glace, elle resta quelques minutes à s'admirer, et vraiment elle était belle, bien belle. On l'eût volontiers comparée à l'ondine aux cheveux d'or, dont la beauté était fatale à ceux qui la regardaient. Dans ce moment, Gustave, déjà prêt pour le bal, entra et, pendant quelques secondes, ses yeux brillèrent d'un éclat extraordinaire, en apercevant sa femme dont la beauté semblait rayonner dans l'appartement. Mais ce ne fut qu'un éclair. En s'approchant d'elle, l'expression de fierté avec laquelle Linda le regarda arrêta sur ses lèvres les paroles qui devaient exprimer son admiration; à la vue du collier qui était tombé de l'écrin sur le tapis, il pâlit et fronça le sourcil. Dans l'acte involontaire il vit l'expression du mépris, et, jetant à sa femme un regard qui la fit frissonner, il détourna la tête, se promena un moment en silence, et dit, d'un ton glacial, sans la regarder, en mettant la main sur le bouton de la porte :

— J'espère que tu as *enfin* terminé ta toilette.

— Oui, répondit sèchement Linda fort blessée du ton de Gustave. Ramassez ceci, dit-elle, indiquant, du bout du pied à la femme de chambre, le collier étendu par terre. Une faible rougeur colora le pâle visage de Gustave, mais il se contint et ne dit rien.

Les deux époux montèrent en voiture, échangèrent à peine quelques monosyllabes pendant un assez long trajet, et ce fut avec un mécontentement réciproque qu'ils firent leur entrée dans les salons brillamment éclairés.

Ainsi qu'il arrive souvent, la toilette qui, aussi longtemps qu'on est dans sa chambre, semble devoir éclipser toutes les autres, perd immédiatement de son prestige, dès qu'elle est mise en comparaison avec d'autres et Linda n'était pas depuis longtemps dans le bal, qu'elle fut obligée de reconnaître, non sans dépit, qu'il y avait, dans le salon, des femmes plus belles, plus jeunes et plus élégantes qu'elle. Lorsque dans les bals à B. elle avait fait des observations analogues, elle s'était dit, en redressant la tête, qu'après tout elle était Mlle d'Althof. Elle était ainsi, sans le savoir, de l'avis de Mme de Maintenon lorsqu'elle raconte qu'étant, dans son enfance, à jouer avec des petites filles de la bourgeoisie, mieux partagées qu'elle sous le rapport de la fortune, elle leur disait, dans son orgueil enfantin : « J'aime mieux n'avoir pas des belles robes et des ménages d'argent comme vous, et être ce que je suis, une demoiselle ! »

Linda n'avait plus même cette consolation à donner à son amour-propre ; elle était

Mme Müller et rien de plus, car, dans la société, l'on ignorait complétement son nom
et son origine aristocratique. Gustave, à
leur arrivée à D., voulant épargner à sa
femme, les questions indiscrètes et la maligne curiosité dont elle eût été l'objet, si l'on
avait connu ses antécédents, avait, non-seulement supprimé la particule, mais il avait
su si bien défigurer le nom de sa femme,
en le prononçant différemment, que personne ne se fût avisé de prendre le nom de
famille de Mme Müller pour celui du noble
baron Ferdinand d'Althof.

Linda fut accueillie froidement par cette
société dont elle n'avait jamais cherché à
gagner la bienveillance. L'air de condescendance avec lequel, en prononçant quelques phrases, elle semblait accorder une
précieuse faveur, n'était pas fait pour lui
concilier les femmes toutes plus ou moins
jalouses de cet air de distinction qui donnait
un caractère particulier à sa beauté. Bientôt une foule considérable envahit les salons,
et, au bout d'un moment, Linda fut, sans trop
savoir comment, enfermée dans un cercle
de femmes qui entouraient Mme Horn, en

l'honneur de laquelle se donnait cette fête.
Celle-ci, une jolie brune, dont la robe rose
était moins fraîche que le visage, parlait
avec animation de tout ce qu'elle avait vu
pendant son voyage de noce. Sans transi-
tion, et pour répondre à la question d'une
des femmes qui l'entouraient, elle commença, en souriant, à faire le récit de sa connaissance avec son mari. Elle était venue
faire un séjour chez sa tante, à B.

A ce nom, Linda prêta l'oreille attentive-
ment. Puis, lorsque Mme Horn, avec la volubilité particulière aux gens satisfaits d'eux-
mêmes, et par conséquent des autres, eut,
dans toute l'ingénuité de ses dix-huit ans,
donné complaisamment tous les détails, si intéressants à ses yeux, de sa première connaissance avec son mari, elle s'interrompit
tout à coup.

— Je me rappelle, dit-elle, en prenant un
petit air important, que le jour où Frédéric
et moi avons été fiancés, l'on a raconté dans
la ville une singulière histoire.

— Quoi donc? dit l'auditoire féminin
dont ces paroles piquèrent la curiosité.

— Imaginez-vous, dit-elle, charmée d'avoir produit de l'effet, qu'une demoiselle de la première noblesse s'est fait enlever par un jeune homme avec lequel elle était, depuis une année en liaison, à l'insu de ses parents.

A ces paroles Linda se sentit pâlir, et éleva son éventail, afin de dissimuler son émotion.

— Oh! Madame Horn! C'est un véritable roman, racontez-nous donc cette histoire, dit une dame qui faisait ses délices des ouvrages d'Auguste la Fontaine.

— Volontiers, dit la jeune femme charmée de jouer un rôle. Eh bien donc, ce jeune homme a enlevé cette demoiselle qui était très-belle, très-spirituelle, très-bonne et.....

— Comment s'appelaient-ils?

Linda ne respirait pas dans ce moment.

— En vérité vous m'en demandez trop. Je n'ai pas la mémoire des noms. Tant de choses plus intéressantes se sont passées pour moi, dit la jeune femme en souriant d'un air heureux.

— Et qu'était ce jeune homme? demanda une autre questionneuse.

— Les uns ont dit que c'était un coiffeur, celui qui la coiffait quand elle allait au bal ; les autres prétendaient que c'était un acteur ; d'autres encore que c'était un chanteur de l'opéra italien.

— Est-ce possible ! dit en levant les yeux au ciel la mère de deux jeunes filles qui écoutaient avec une attention toute particulière.

— L'on ne sait ce qu'ils sont devenus, ni où ils ont été !

— Oh ! ce mariage aura mal tourné ; c'est toujours ce qui arrive, reprit la mère en regardant sa fille cadette dont la rougeur à ces paroles trahit quelque préoccupation sentimentale désapprouvée par sa famille.

— Ce mariage, reprit Mme Horn, a fait le malheur de ses deux sœurs cadettes. Il y en a une qui est très-bien mariée en Belgique, mais les deux autres sont bien à plaindre. D'abord, le père,... c'est un baron, mais je ne peux pas me rappeler son nom... deux mois après l'enlèvement de sa fille, a épousé une comtesse qui est une véritable marâtre pour les pauvres demoiselles. Elle a eu une petite fille qui, déjà à présent fait la pluie et le beau temps, malgré qu'elle soit encore au maillot. L'aînée de ces pauvres demoiselles, lors du mariage de sa sœur, avait fait la connaissance d'un cousin de son beau-frère auquel elle plaisait beaucoup. Elle le revit pendant un séjour qu'elle fit avec la cadette de ces demoiselles, chez leur sœur de Belgique, lors du voyage de noce de leur père. L'on dit que ce monsieur lui fit la cour; d'autres disent que non; ce qui est certain, c'est que cette demoiselle conçut le plus vif amour pour ce jeune homme. Un jour, dans le jardin, sans être vue, elle l'entendit dire à un de ses amis, qu'en vérité mademoiselle..... — je crois qu'elle s'appelle Otellia — lui plaisait beaucoup, mais que cependant il tâcherait de l'oublier, ne voulant pas, en l'épousant, s'exposer à devenir le beau-frère d'un commis.... Ils sont si orgueilleux, ces nobles! On trouva la pauvre demoiselle évanouie dans le jardin : dès le lendemain elle voulut repartir pour B. et, depuis ce moment, elle est tombée dans une maladie de langueur qui, à ce que l'on dit, la fera bien -

tôt mourir. C'est au moins ce que l'on racontait avant mon mariage.

— Quelle triste histoire ! Et l'autre sœur, madame Horn, qu'est-elle devenue ?

— Oh ! celle-ci, à ce que l'on dit, est un véritable ange de bonté et de vertu ; eh bien, elle n'a pas non plus de bonheur. Elle a un cousin... celui-là, je le connais beaucoup, dit la jeune femme en souriant, d'un air de contentement d'elle-même ; il dansait souvent avec moi dans les bals de souscription ; c'est un charmant jeune homme qui aime passionément sa cousine et qui, pour l'amour d'elle, est devenu pieux et charitable comme elle. Il l'avait demandée en mariage, il y a de cela six mois. Eh bien ! malgré qu'elle aime son cousin comme elle en est aimée, le baron n'a pas voulu l'accepter, sous le prétexte que sa fille est trop jeune... et elle a quatre mois de plus que moi, dit Mme Horn en se redressant d'un petit air capable. Tout le monde dit qu'il ne veut pas se séparer de sa fille, parce qu'elle lui est fort utile dans la maison. Il faut vous dire que, depuis la naissance de sa petite fille, Mme la baronne est constamment malade et qu'elle est menacée de perdre l'usage de ses membres, à la suite d'une paralysie. Il paraît que cet intérieur est bien triste ! si triste, qu'on est étonné que les deux pauvres demoiselles ne soient pas déjà mortes.

— Vous nous avez raconté une bien triste histoire, dit une des dames ; c'est bien heureux que l'on commence à danser pour nous distraire un peu. Tenez, je vois que le jeune Winkler vous cherche pour ouvrir le bal.

En effet, un moment après, aux sons de la musique de Strauss, la jolie Mme Horn, au bras de son cavalier, oubliait, dans le tourbillon de la valse, les paroles qui venaient de frapper au cœur la pauvre Linda. Ah ! que de fois dans la vie nous sommes, vis-à-vis les uns des autres et sans le savoir, les instruments dont Dieu se sert pour nous instruire ou pour nous châtier.

Pâle, muette, immobile dans son coin, Linda repassait, dans son esprit, les paroles qu'elle venait d'entendre. Elle y trouvait la confirmation de certaines allusions vagues qu'avait faites le docteur Siebel à la maladie

d'Olga et à la paralysie dont sa belle-mère
était menacée. Accablée par les pensées qui
affluaient douloureusement à son cerveau,
et voyant approcher son mari, elle le pria
de faire avancer la voiture, prétextant une
migraine qui la rendait incapable de supporter plus longtemps l'éclat des lumières.

Gustave ne vit dans ses paroles qu'un
prétexte pour se retirer d'une société qui ne
lui convenait pas et, en l'accompagnant jusqu'à la porte, il lui dit d'un ton amer et sarcastique :

— Tu fais bien de partir : une société
où il ne se trouve ni princes, ni comtes, ni
barons, n'est vraiment pas digne de Mlle d'Althof.

Linda ne répondit rien et remercia avec
douceur son mari, lorsqu'il l'eut mise en voiture.

Arrivée dans sa chambre, elle se hâta de
se déshabiller et, vêtue d'un simple peignoir,
elle s'assit devant le feu, puis, se jetant à
genoux devant son crucifix, elle fondit en
larmes. Que de prières, que de remords,
que de larmes a vus ce signe sacré de notre
salut. Malheureux et véritablement malheu-

reux est celui qui, après avoir humblement prié au pied de la croix, ne s'est pas relevé consolé et fortifié!

Linda ne s'aperçut pas de la marche des heures, absorbée qu'elle était dans ses pensées, dans ses souvenirs, dans ses remords. Ainsi donc, se disait-elle, ce n'est pas seulement envers mon père que j'ai été coupable, j'ai aussi et pour jamais détruit tout avenir de bonheur pour mes sœurs. Si Olga meurt, n'est-ce pas moi qui l'aurait tuée? Oh! mon Dieu! ne me punissez pas si cruellement. Et je ne puis rien faire pour elles, pas même leur écrire. Oh! que je suis malheureuse! Oh! pourquoi ai-je connu Gustave! Maudit soit le jour où je l'ai vu!

Mais à peine avait-elle mentalement prononcé cette imprécation qu'elle tressaillit.

Je me maudis donc moi-même puisque j'ai accepté son amour. Personne ne m'a jamais aimée comme lui! Et qu'ai-je fait de l'amour si vrai, si profond, si tendre, si passionné qu'il a eu pour moi? Ai-je compris la valeur de cette affection? Combien je l'ai fait souffrir en ne le comprenant pas, en ne sachant pas répondre à ses sentiments, et cela parce que je me croyais supérieure à lui. Oh! que j'ai été coupable. Aussi Dieu m'a punie en ne m'accordant pas la bénédiction du mariage. Il n'a pas voulu que j'aie la joie d'élever un enfant. J'ai été une mauvaise fille, une mauvaise femme ; j'aurais été une mauvaise mère.

Puis, après avoir longtemps pleuré et prié, des pensées plus consolantes se firent jour dans son âme oppressée. Je ne peux plus réparer ma faute envers mon père ; elle est, hélas! irréparable et ineffaçable, mais je peux essayer de réparer mes fautes envers Gustave.

Linda passa plusieurs heures au pied du crucifix et, quand elle se coucha, elle s'endormit en priant encore. Espérons que ces résolutions, prises dans la prière, seront portées par son ange devant le trône de Celui qui soutient la faible plante pendant la tempête, et qui seul peut fixer la vertu dans le cœur faible et chancelant de l'homme.

XVIII

Deux années se passèrent encore, emportant avec elles les jours bons et mauvais. Au bout de ce temps, nous retrouvons Linda près du berceau de l'enfant qui était devenu le lien le plus puissant entre les deux époux. Ils sentaient parfois douloureusement combien étaient nombreux entre eux ces points de contact qui, s'ils ne rapprochent pas, blessent si cruellement — mais, devant le berceau de leur enfant, ils n'étaient qu'un cœur pour l'aimer.

Linda, qui ne croyait plus avoir aucun orgueil depuis qu'elle avait mis le sien en son fils, semblait voir en lui la future compensation accordée à sa destinée, après toutes les déceptions qu'avait subies son ambition. Il n'avait que trois mois, qu'elle croyait voir déjà, sur son front, la marque certaine d'une intelligence hors ligne, et ses premiers bégaiements lui semblaient être les paroles d'un homme de génie.

Quant à Gustave, moins ambitieux et
plus tendre que Linda, il voyait surtout
dans son enfant un être chéri, sur lequel il
pouvait reporter ce besoin d'affection qui
remplissait son cœur, et qui avait subi une
déception que rien n'avait pu effacer. Par
une belle matinée du mois de mai, Linda,
assise près du berceau, venait de prendre
son fils et jouait avec lui, en le faisant sau-
ter sur ses genoux. Le bel enfant aux yeux
noirs, aux cheveux châtains frisés, jouant
avec les boucles dorées de sa mère, et
poussant des petits cris de joie, formait un
tableau si charmant, si gracieux, que Gustave, en entrant dans la chambre, s'arrêta
un moment pour le contempler ; puis, répri-
mant un soupir, il s'avança et prit dans ses
bras le petit garçon, qui le caressait à sa
manière, en tirant, de toute la force de ses
petits poings roses, sa barbe noire.

— Doucement, Henri, doucement, mon
amour, dit-il en le couvrant de baisers.

— Si tu savais, dit Linda, combien il dit
de mots nouveaux ! Tu vas voir !

Et, reprenant l'enfant sur ses genoux, elle
commença un interrogatoire qui eût semblé

laborieux et ingrat à tout autre qu'à des parents.

Dans ce moment l'on apporta à Gustave une lettre qu'il ouvrit avec empressement. Pendant qu'il la lisait, son visage exprimait une douce émotion.

— Ah! que je suis content! dit-il avec une expression de joie qui sembla, comme un rayon de soleil, éclairer son visage.

— Qu'est-ce donc? dit Linda sans détourner les yeux, et de ce ton indifférent avec lequel, généralement, elle parlait à son mari.

— Je viens de recevoir une lettre du père Carrelli, l'ami de mon grand'père et de ma pauvre mère, qui m'annonce qu'il vient passer six mois ici. Oh! que je suis heureux de le revoir! Je vais aller demander un congé au comptoir, afin d'aller le chercher à Gunsberg. Je ne reviendrai pas demain avant midi, et le bon père dînera avec nous. Oh! que je me réjouis de le revoir!

— Vraiment! dit Linda. Mais, regarde donc, Henri! Peut-on voir un être plus charmant? Regarde son délicieux petit pied. Oh! il a tout à fait le pied et la main des

Althof. Il ressemble tout à fait à ma famille !

Gustave fronça le sourcil, mais Linda n'y fit pas attention.

— Il a, dit-il d'un air mélancolique, les beaux yeux de ma pauvre mère. Oh! comme je vais être heureux de pouvoir parler d'elle avec le bon père, et, donnant encore un baiser à l'enfant et la main à sa femme, il sortit en disant adieu.

Linda se sentait fort contrariée à l'idée de faire la connaissance du père Carrelli, et éprouvait pour lui une certaine répulsion, dont elle ne se rendait pas compte. Beaucoup de femmes, sans aimer leurs maris, sont jalouses de tous les genres d'affection qu'ils peuvent éprouver pour d'autres que pour elles. Et puis, pensa-t-elle, Gustave allait parler d'elle au père! Dans quels termes le ferait-il? Il était un ami des Scanderini! Quel désagrément d'entendre parler de ces *gens-là !*

Lorsque, dans l'après-dînée, l'enfant revint de la promenade avec sa bonne, Linda remarqua qu'il toussait d'une manière un peu rauque. Inquiète, elle lui fit prendre tout de suite un sirop qui souvent, dans de pareils cas, lui avait fait du bien, et elle fut complétement rassurée en le voyant dormir paisiblement à son heure accoutumée.

Comme il est beau! se disait-elle en le contemplant dans son berceau. Comme il a un air distingué. Oh!... et il le sera! Tout me le dit. Il saura illustrer, par son génie et son talent, le nom vulgaire de son père.

Le soir, avant l'heure de son coucher, elle joua avec l'enfant comme elle le faisait tous les jours et trouva même qu'il était plus gai et plus animé que de coutume. Complétement rassurée, elle le mit elle-même dans son berceau et se coucha de bonne heure, voulant essayer de réparer, par le sommeil, la fatigue de la nuit précédente passée dans l'insomnie. Elle s'endormit bientôt profondément et fit un rêve. Il lui semblait être, pendant la nuit, dans le bois de Neuhof, à l'endroit où, pour la première fois, Gustave lui avait parlé. Avec cette pénible incohérence des rêves, elle ne pouvait s'expliquer pourquoi elle se trouvait, à une heure aussi indue, dans la forêt, seulement il lui semblait que le poids affreux qui pesait sur sa poitrine et l'empêchait de respirer ne cesserait de l'écraser qu'au moment où le soleil se lèverait. Dans ce moment, le chant du coq se fit entendre, et elle sentit son courage se ranimer, en pensant que le jour paraîtrait bientôt. En effet, elle vit, du côté de l'orient, le ciel se colorer des splendides clartés de l'aurore, et elle aperçut alors, entourés d'un nimbe lumineux, Gustave et son fils qui lui faisaient signe de s'avancer vers eux. Le coq fit entendre encore sa voix et, dans ce moment, il lui sembla qu'elle perdait pied et qu'elle tombait dans un abîme creusé devant elle et qu'elle n'avait pas vu. Elle se réveilla en sursaut et entendant ce qui lui semblait être la voix du coq, elle crut que son rêve continuait encore.

— Mais non, se dit-elle, il fait nuit noire, je suis dans ma chambre, et je ne rêve plus. Tremblante, elle alluma sa bougie et courut au berceau.

L'enfant, les yeux hagards et terrifiés, le visage enflé et bleuâtre, respirait à peine.

— Mon Dieu! mon Dieu! le croup! La pauvre mère, après avoir, avec la hâte qu'on

a dans de pareils moments, envoyé la cuisinière chercher le médecin, commença avec
la bonne l'application des premiers remèdes
qu'elle connaissait par expérience, son fils
ayant eu plus d'une fois déjà des attaques
du même mal.

Mais, hélas! tout fut inutile cette fois-ci.
Le médecin vit tous les efforts de l'art
échouer devant le mal inexorable. L'aube
blanchissait le ciel, lorsqu'un ange vint
chercher l'enfant dans les bras de sa mère,
afin de le porter devant le trône de Dieu.

Quelques heures plus tard, Gustave, heureux d'avoir retrouvé l'ami de ses parents
et de sa jeunesse, s'entretenait avec lui dans
cette belle et douce langue italienne si bien
faite pour traduire les sentiments affectueux
de l'âme. En épanchant son âme dans celle
du vieillard, il sentait son cœur devenir plus
léger et plus content qu'il ne l'avait été depuis longtemps, et le trajet de Gunsberg
à D., par les impressions qu'il fit naître en
lui, le rapporta aux années heureuses de sa
jeunesse. Midi sonnait, lorsqu'ils arrivèrent
devant son habitation.

La bonne qui vint lui ouvrir la porte, en

le voyant, poussa un grand cri et s'enfuit.

— Qu'est-il donc arrivé ? dit Gustave inquiet presque malgré lui.

Suivi du père Carrèlli, il entra précipitamment dans l'appartement. Après avoir traversé deux pièces, il arriva dans la chambre à coucher dont les fenêtres étaient ouvertes. Le soleil de mai éclairait, de ses plus doux rayons, le berceau dans lequel reposait le petit corps inanimé de son fils. A cette vue, poussant un grand cri, il s'affaissa sur lui-même et tomba sans connaissance sur le parquet.

Lorsqu'après plusieurs heures, il reprit possession de ses facultés, il retrouva auprès de son lit le père Carrelli et sa femme qui épiaient avec anxiété son réveil. De tristes heures se passèrent jusqu'au moment où, dans un petit cercueil rempli de fleurs parfumées, furent déposés les derniers restes de l'enfant.

Dans l'après-dînée de ce jour, vers le soir, pendant que Gustave essayait de chercher, dans un moment de sommeil, un oubli momentané à sa douleur, Linda, assise près du berceau vide, s'accordait la douceur de

pleurer en toute liberté devant le père Carrelli qui l'écoutait exhaler sa douleur, avec
cette charité pleine d'onction qui sait, en
compatissant au malheur, faire voir les espérances promises à ceux qui pleurent. Si
jamais la charité venait à disparaître de ce
monde, c'est encore dans le cœur du prêtre
catholique qu'il faudrait la chercher.

Linda tenait sur ses genoux les jouets de
son enfant et les différentes pièces de l'ha-
billement qu'il avait porté pour la dernière
fois. En voyant le petit bas de fine laine
blanche, conservant encore la forme de la
petite jambe rose et potelée qui l'avait mou-
lé, en regardant le joli petit soulier de maroquin rouge (sa première paire !) dont il
aimait tant à tirailler la bouffette, et dont
la pointe, un peu pliée, prouvait que le joli
petit soulier était encore trop grand pour le
mignon petit pied, elle éclata en sanglots et
couvrit de baisers et de larmes les gracieuses reliques du petit ange qui s'était envolé.

— Oh ! mon Dieu ! pourquoi me l'avez-
vous repris ? Pourquoi m'avoir pris mon
bien, mon unique trésor ? s'écria-t-elle, avec
l'accent d'un véritable désespoir.

— Ma chère fille, dit le père Carrelli, qui lui-même ne pouvait retenir ses larmes, devant les manifestations de cette douleur maternelle, ma chère fille, pensez au bonheur de ce cher enfant, qui est maintenant un ange. Vous avez maintenant une voix puissante devant Dieu, c'est celle de votre petit enfant.

Tout à coup, Linda, en prenant sur la table un des jouets du petit Henri, aperçut une lettre à son adresse qui, d'après le timbre, devait être arrivée le jour de la mort de l'enfant. Elle était du docteur Siebel. Machinalement, sans presque savoir ce qu'elle faisait, elle l'ouvrit. A peine y avait-elle jeté les yeux, qu'elle poussa un grand cri et tomba à genoux.

— Qu'est-ce donc, ma chère enfant, qu'est-ce qui est arrivé? dit le vieillard en se levant et s'avançant vers elle.

Elle répondit d'une voix à peine intelligible : .

— J'ai tué ma sœur, c'est pourquoi Dieu m'a repris mon enfant.

Le père Carrelli ne comprenant pas ce qu'elle voulait dire, resta un instant attéré, croyant qu'elle devenait folle.

Mais Linda, après un moment, reprit avec plus de force :

— Oui, c'est moi qui ai tué Olga, c'est moi qui suis cause de la mort d'Olga.

Et alors, toujours à genoux devant le vieillard, elle commença une confession entière de sa vie et de ses fautes, et sembla trouver du bonheur à s'humilier dans la sincérité de son âme. Elle découvrit toutes les misères d'un cœur que l'orgueil avait toujours dominé; elle trouva de la douceur à exposer sans détour toutes les petitesses de sa vanité. Il lui semblait sentir sur elle la main d'un Dieu vengeur, qui voulait lui faire expier tous les retards qu'elle avait apportés à s'humilier sincèrement.

La nuit était venue, lorsqu'elle s'arrêta enfin. Elle leva alors la tête, en regardant le vieillard d'un air désespéré.

— N'est-ce pas, mon père, que je suis coupable et criminelle ?

— Vos fautes sont grandes, mais la miséricorde de Dieu est bien plus grande encore; elle est infinie !

Puis, après un moment de silence, le père Carrelli reprit :

— Je vois, dans les sincères et humbles aveux que vous venez de me faire, l'effet d'une grâce qui vous est peut-être obtenue par les prières du cher petit ange que vous pleurez. Que la mort de cet enfant devienne, entre vous et votre mari, un lien d'amour plus fort et plus indestructible que n'a été sa naissance. Que vous dirai-je, ma chère fille? Vous vous êtes trompée de chemin. Vous avez fait fausse route. Dieu vous avait comblée de ses dons et de ses grâces. Qu'en avez-vous fait? En vous donnant une âme primitivement droite et noble, en vous donnant de l'intelligence et tous les dons qui peuvent contribuer en nous au bonheur des autres; de plus, en vous mettant dans une position où vous pouviez faire beaucoup de bien, il était en droit d'attendre beaucoup de vous. Quel usage avez-vous fait des dons que vous aviez reçus?... Vous vous en êtes attribué le mérite, et vous les avez tous rapportés à vous-même! Dieu, pour punir votre orgueil, a commencé par vous aveugler, et il a permis qu'ayant plusieurs espèces d'orgueil, vous ayez été humiliée de différentes manières. Vous aviez l'orgueil de la naissance, et après avoir cru épouser un prince, vous êtes devenue la femme d'un simple commis. Vous aviez l'orgueil de l'intelligence, et, par ce mariage fait si follement, vous avez donné, aux moins sévères, occasion de douter de votre bon sens et de votre raison. Enfin, vous aviez le pire de tous les orgueils, celui de la vertu. Vous pensiez être le modèle de toutes les jeunes personnes, vous croyiez être la meilleure des filles, la plus dévouée des sœurs. Qu'a-t-il fallu, pour faire descendre du piédestal cette vertu dont vous étiez si fière ? Peu de chose, en vérité. Le beau visage d'un jeune homme et quelques compliments. Cela a été suffisant pour faire taire les scrupules de votre conscience, pour vous faire oublier les principes que respecte la plus simple fille des champs, lorsqu'elle est vertueuse, pour exposer votre réputation aux attaques les plus méritées, enfin, pour tromper indignement un père dont vous étiez l'orgueil et la joie. Vous étiez fière de n'avoir jamais souillé vos lèvres d'un mensonge, et une passion romanesque, à laquelle l'on ne peut même pas donner le nom d'amour, vous a entraînée à la fausseté, qui est le mensonge en action, et à l'hypocrisie la plus honteuse, puisque vous n'avez pas craint de colorer votre refus au comte d'Isenstedt du beau nom de dévouement. Et, après avoir encouru la juste colère de votre père pour épouser un homme que vous connaissiez à peine, qu'avez-vous fait de l'âme et de l'amour de cet homme qui s'était donné à vous tout entier ? Ah ! ma fille, vous êtes bien coupable ! — Ici, l'accent du père Carrelli devint sévère. — Qu'avez-vous fait de l'âme de mon fils ? Que lui avez-vous donné en retour de l'or pur de son premier amour ? Le sentiment qui aurait pu devant Dieu excuser votre faute, a-t-il été un seul moment dégagé de préoccupations personnelles ? Non. Vous avez été pour vous-même, et sans le savoir, l'idole à laquelle tout devait être sacrifié. Vous vous êtes fait un jeu des sentiments de Gustave. Moi, qui le connais depuis son enfance, je puis vous dire que je ne sais pas s'il y a un cœur plus tendre, plus affectueux, plus ardent. Maintenant, il est aigri par la souffrance, il est tout autre qu'il n'était, et c'est vous qui avez fait le mal.

Le père Carrelli se tut et, pendant un moment, l'on n'entendit que les sanglots qui
s'échappaient de la poitrine oppressée de
Linda.

Après quelques minutes, le vieillard reprit d'un ton beaucoup plus doux :

— Dieu vous accordera peut-être dans
l'avenir la grâce de réparer ou, au moins,
d'expier la faute que vous avez commise envers votre père; pour le moment ne vous
laissez pas distraire par des regrets qui présentement sont inutiles, et consacrez-vous
tout entière à votre mari. Qui sait si, longtemps encore, il vous sera donné de com-
penser, par votre affection, les blessures
que votre orgueil lui a infligées.

A ces mots, Linda leva la tête et regarda
le vieillard avec terreur.

— Rassurez-vous, ma chère fille; en
vous disant cela, je n'entends pas dire que
Gustave soit malade. Non... Je ne le crois
pas..... mais je veux vous éviter les remords cruels que vous pourriez éprouver
tôt ou tard. Ah! si vous connaissiez le cœur
que vous avez fait souffrir..... Mais l'avenir s'ouvre devant vous... et, par la grâce

de Dieu, il peut vous être donné de.....

Dans ce même moment Gustave entra.

Linda, par un mouvement irrésistible, se précipita à genoux devant lui, en disant à travers ses larmes :

— Pardonne-moi ! Pardonne-moi !

Les heures qui suivirent furent de celles qui ne s'oublient jamais dans la vie. Les deux époux, à genoux devant le berceau, remercièrent Dieu pour l'enfant qui leur avait été donné et dont la mort les unissait si véritablement. Et le petit Henri dut sourire de bonheur, au milieu des anges, en voyant que sa mort avait rendu la vie de l'âme à celle qui lui avait donné une vie passagère dans ce monde.

XIX

Il semblait que le père Carrelli eût été prophète en parlant de Gustave. Huit jours après cette soirée, il fut pris d'une forte hémorrhagie qu'on eut beaucoup de peine à arrêter. Pendant une quinzaine de jours sa vie fut en danger et, pendant tout ce temps, Linda, sans s'accorder une minute de repos, le soigna, nuit et jour, avec une tendresse et un dévouement que rien ne pouvait satisfaire. Mettant toute son intelligence au service d'un cœur qui était maintenant rempli d'amour, elle se montra une garde-malade aussi entendue qu'active et dévouée, et se sentait plus que récompensée de ses peines lorsque Gustave, en serrant doucement ses mains, la regardait avec des yeux où brillait l'amour des premiers jours. Il sortit enfin de cette crise dangereuse, mais les médecins ne cachèrent pas à Linda que son état était des plus graves, et qu'en automne elle devrait conduire son mari en Italie.

Il fut donc décidé que, vers la fin de septembre, ils iraient tous trois à Pise, car le bon père Carrelli, qui en était originaire, voulait y retourner avec ses amis, ayant terminé les recherches scientifiques dont il avait trouvé les matériaux dans la grande bibliothèque de D.

En acceptant avec toute l'effusion de la reconnaissance l'offre qu'il lui fit de faire le voyage avec eux, Linda se rappela, en sou-

pirant, le sentiment de malveillance qu'elle
avait éprouvé contre lui avant de le connaître.

— Comme j'étais mal disposée contre lui,
le jour où Gustave partit pour aller le chercher. Je ne me doutais certes pas que Dieu
m'envoyait en lui un de ses anges pour me
guider et me soutenir.

Les mois de juillet et d'août se passèrent
dans de continuelles inquiétudes, et sous la
menace constante de nouvelles hémorrha-
gies. Malgré ses souffrances, Gustave se
sentait heureux et jamais ses yeux n'avaient
exprimé tant de calme et de quiétude. Les
deux époux n'étaient vraiment qu'un cœur
et qu'une âme; et, jouissant tardivement
mais si complétement de l'amour de celle
qu'il avait tant aimée, Gustave, malgré les
regrets que lui inspirait la mort de son fils,
était d'une sérénité et d'une gaieté qu'il n'a-
vait jamais eues jusqu'à ce jour.

Il espérait fermement en sa guérison, et
se réjouissait à l'idée de revoir l'Italie avec
sa femme et le vieil ami qu'il aimait comme
un père.

Linda aussi s'était reprise à espérer et se

plaisait à mettre son mari au fait de tous les apprêts du voyage dont elle s'occupait activement.

Le père Carrelli souriait tristement lorsqu'il entendait faire tous ces projets. L'expérience lui avait fait reconnaître que Gustave était en proie à un mal qui ne pardonne pas.

Dans les premiers jours de septembre, une nouvelle hémorrhagie ramena une crise plus fâcheuse encore que la première, et l'état du malade devint si grave qu'il cessa lui-même de se faire illusion. Il fit ses dispositions testamentaires, et se prépara à une fin chrétienne Le soir du jour où il reçut les sacrements, il pria sa femme de s'éloigner un moment et eut un long entretien avec le père Carrelli. Plusieurs jours se passèrent pendant lesquels l'état de Gustave s'étant amélioré sensiblement, Linda reprit encore de l'espoir. Elle se rappela toute sa vie ces heures où, assise près du fauteuil dans lequel reposait Gustave, ils échangeaient ensemble ces paroles qui empruntent tant de solennité à la mort. L'âme du mourant, purifiée par la souffrance, se mon-

trait dans toute sa primitive beauté, et Linda éprouvait, dans sa douleur, une douceur
singulière à reconnaître combien son mari
lui était supérieur par les qualités du cœur.

Par une belle soirée de septembre, Gustave, assis dans un grand fauteuil, près de
la fenêtre, regardait les derniers rayons du
soleil disparaître dans l'azur foncé du ciel.

— Vois, ma bien-aimée, comme c'est
beau, dit-il en serrant la main de Linda,
qui, assise près de lui, écoutait avec inquiétude sa respiration. Pourquoi faut-il te
quitter maintenant? Nous sommes si heureux!...

En prononçant le dernier mot, il fit un
mouvement en arrière et devint pâle comme
la mort, tandis qu'un flot de sang s'échap-
pait de ses lèvres. Quelques minutes après,
Linda ne tenait plus dans ses bras qu'un
corps inanimé...

XX.

Il s'était écoulé quelques semaines quand
Linda, assise devant sa table à écrire,

et occupée à mettre en ordre divers papiers, vit entrer le père Carrelli.

— Ma chère fille, dit-il après qu'il eut pris place dans le fauteuil qu'elle lui avait avancé, il me semble que je viens aujourd'hui près de vous comme le messager de Dieu destiné à vous transmettre l'expression de sa sainte volonté. Mon cher fils (le vieillard donnait toujours ce nom à Gustave), le jour où il reçut les sacrements, me parla du désir qu'il avait que vous pussiez, après sa mort, retourner chez votre père...

Le pâle visage de Linda se couvrit d'une faible rougeur et elle tressaillit.

— Laissez-moi poursuivre : selon son désir, et dans les termes qu'il me dicta, j'écrivis à votre père en son nom une lettre dans laquelle, après lui avoir demandé un humble et sincère pardon du tort qu'il lui avait fait en lui enlevant sa fille, il le suppliait de permettre qu'après sa mort elle pût revenir habiter sous le toit paternel. Cette lettre, que Gustave signa de sa main tremblante, je ne l'envoyai à votre père que lorsque le triste évènement fut accompli, en y ajoutant quelques lignes pour l'annoncer et appuyer de mes faibles prières, les dernières paroles d'un mourant.....

— Aujourd'hui j'ai reçu la réponse de votre père...

— Et... dit Linda éperdue.

— Eh bien! elle est telle que je pouvais l'espérer. Il me dit que, si grande qu'ait été votre faute, il se sent disposé à vous la pardonner et à vous ouvrir son cœur et sa maison. Seulement, il me donne à entendre que vous devez faire les premières démarches en lui écrivant. Cela vous sera pénible...

— Ah! mon père, dit Linda avec un accent qui en disait plus que ses paroles, après ce que j'ai perdu, y a-t-il pour moi encore quelque souffrance?... Merci, mon père, merci... Je dois encore cela à mon Gustave.

— Votre père devient vieux, votre belle-mère est complétement impotente; il y a un petit enfant à élever. Ce triple fardeau, en retombant sur votre jeune sœur, est de nature à lui ôter toute chance d'un heureux avenir. Par conséquent, en revenant chez votre père, vous aurez la consolation de penser qu'en favorisant l'établissement de votre sœur, vous pouvez être, en même temps, un aide précieux pour votre père et sa femme.

— Oui, dit Linda avec un pâle sourire. Et maintenant ces devoirs à remplir combleront le vide de ma vie. J'écrirai dès aujourd'hui.

Elle écrivit, en effet, une lettre qui était vraiment faite pour toucher le cœur de son père; aussi n'y fut-il pas insensible, et il répondit à sa fille qu'il serait heureux de la revoir dès qu'elle voudrait venir. Il se disait intérieurement qu'elle lui serait un grand secours dans les difficultés où il se trouvait et apporterait une précieuse distraction à sa vie si triste et si monotone. Qui sait, pensa-t-il, si elle ne rencontrera pas un second mari qui puisse faire oublier ce pauvre Müller, quoiqu'il parût être, d'après sa lettre, un assez bon garçon; si nous trouvions quelqu'un ayant un beau nom, à qui je ferais des avantages, s'il consentait à se fixer avec nous.

Linda, dès qu'elle eut reçu la lettre de son père, fit immédiatement ses préparatifs de départ, sans négliger les démarches nécessaires à la translation, dans le cimetière de Neuhof, des restes de son mari et de son fils. Elle voulait avoir ces chères dépouilles aussi près que possible de l'endroit où, désormais, devait s'écouler toute sa vie.

Par une brumeuse journée de novembre, Linda, accompagnée du bon père Carrelli qui n'avait pas voulu la quitter avant de la voir établie dans sa famille, traversait l'allée de chênes et de tilleuls qui conduisait à la maison. En comparant leurs branches noires et dépouillées au tendre feuillage qui les couvrait lorsqu'elle avait quitté Neuhof, la veille de son mariage, elle se dit qu'ils étaient l'image de ce que devait être sa vie désormais. Elle arriva enfin, tremblante et émue, sur le seuil de cette maison qu'elle avait quittée avec tant de précipitation la veille de son mariage, et, courant à la chambre de son père, elle se jeta à genoux devant lui.

Ce fut un moment plein d'une émotion déchirante pour tous deux, aussi nous n'essayerons même pas de le dépeindre.

Après que le père et la fille furent restés longtemps à s'entretenir de tout ce qui s'était passé depuis leur séparation, ils allèrent ensemble chez Mme d'Althof.

A la porte du salon, Linda fut reçue dans les bras d'une belle jeune fille au calme et doux visage, qui la couvrit de baisers et de larmes. Linda ne pouvait assez admirer le changement qui s'était opéré chez sa sœur. Elles entrèrent, se tenant par la main, dans le petit boudoir de Mme d'Althof.

Quand elle retrouva malade et infirme la femme qui avait vu des jours si brillants, Linda éprouva une si grande compassion que tous les sentiments d'inimitié qu'elle avait nourris contre sa tante s'évanouirent, et ce fut par un mouvement sincère d'affection qu'elle embrassa sa belle-mère en l'assurant qu'elle venait remplir envers elle tous les devoirs d'une fille dévouée.

— Je ne demande rien pour moi, dit la baronne d'une voix faible, mais je réclame ta tendresse et ta sollicitude pour ma fille.

— Soyez sûre qu'elles ne lui feront jamais défaut, dit Linda en prenant affectueusement dans ses bras la petite fille qui jouait près de sa mère.

Linda désira reprendre la même chambre

qu'elle avait occupée; elle lui parlait dans un langage muet de tant de choses! de tant de souvenirs!

Dès le lendemain, elle alla visiter, au bout de l'allée favorite, l'endroit où, si souvent avec Gustave, elle avait passé des heures douces et amères tout à la fois. Elle relut en pleurant l'inscription italienne dans laquelle Gustave, à leur seconde entrevue, lui avait donné une expression de son amour.

Dès que les restes de Gustave et de son fils eurent été déposés dans le cimetière de Neuhof, le père Carrelli se disposa à partir pour l'Italie. Le peu de jours qu'il avait passés dans la maison avaient suffi à le rendre cher à toute la famille; aussi l'on ne consentit à le laisser partir, qu'à la condition qu'il reviendrait à Neuhof l'année suivante.

Linda voulut l'accompagner encore dans la dernière visite qu'il fit au cimetière. Avant d'arriver au tombeau de Gustave, ils passèrent devant celui d'Olga.

— Pauvre, chère petite sœur, dit Linda en tombant à genoux et fondant en larmes.

C'est donc ici que repose ce pauvre cœur si agité qui n'a pu trouver un autre cœur répondant aux battements du sien. Ses affections s'égarèrent parce qu'elle ne trouva, parmi les siens, personne qui voulût l'aimer et la comprendre.

— Maintenant, reprit le père Carrelli, qui connaissait l'histoire d'Olga, elle n'a plus à craindre les déceptions qui sont toujours le partage de ceux qui mettent leur bonheur dans l'affection humaine. Qu'elle repose en paix, pauvre, chère, innocente enfant!

— Ah! que j'ai de reproches à me faire envers elle! dit Linda. Combien j'aurais pu lui être utile et combien j'ai rempli imparfaitement ma tâche envers elle!

— Ne revenons sur nos fautes passées, que pour nous fortifier dans la défiance de nous-même, et non pour nous laisser aller au désespoir et au découragement. Il dépend maintenant beaucoup de vous de faire le bonheur de votre sœur cadette.

-- Le croyez-vous réellement, mon père, dit Linda avec vivacité?

— J'en suis très-sûr, reprit-il. Tout ce

que j'ai vu de ce jeune homme, dans les deux visites qu'il a faites depuis votre arrivée, m'a donné une excellente opinion de lui. Il paraît aimer tendrement votre sœur qui répond à son affection. Le consentement de votre père les rendrait heureux tous les deux, mais il ne consentirait jamais à se séparer de votre sœur si vous n'étiez là ; par conséquent, je crois que c'est de vous que cela dépend.

— S'il en est ainsi, dit Linda avec chaleur, ils seront bientôt heureux.

Ils étaient arrivés, en ce moment, devant la terre fraîchement remuée sous laquelle reposaient Gustave et son fils, et, s'étant mis à genoux, ils restèrent longtemps à prier.

Le vieillard se leva enfin en essuyant les larmes qui mouillaient ses yeux.

— Pauvre cher enfant ! Le voilà arrivé au but ! Qu'il repose en paix !

Et il éleva la main et bénit cette terre qui recouvrait les restes de celui qu'il aimait.

— Mon père, vous avez béni mon mari, donnez-moi aussi votre bénédiction, dit Linda, toujours à genoux.

Après qu'elle l'eut reçue, ils s'éloignèrent du champ du repos, pour se rendre à la station.

— Ma chère fille, dit le père Carrelli, au moment de la quitter, ce que je vous recommande le plus, c'est de n'avoir de confiance qu'en Dieu seul et non en vous-même. C'est l'orgueil qui a été la cause de toutes vos fautes; c'est lui qui a fait qu'avec les plus précieux dons du cœur et de l'intelligence, vous avez causé le malheur de ceux auxquels vous n'auriez dû faire que du bien. Maintenant, avec ces mêmes facultés et l'humilité que je vous souhaite, comme le plus précieux trésor, vous pourrez être une bénédiction pour ceux qui vous entoureront. Adieu, ma chère fille, que Dieu vous conduise et vous protége !

Et le bon père, étant monté en voiture, fut bientôt hors de la vue de Linda.

A dater de ce jour, commença pour elle une nouvelle vie, et ce fut, dans le souvenir de ses fautes, toujours présent à son cœur, qu'elle puisa le courage et la résignation nécessaire à l'accomplissement de la tâche qu'elle entreprit.

Pour ne pas oublier nos bons amis Siebel, nous dirons que peu de jours après le
départ du père Carrelli, Linda alla les voir
et leur témoigna plus d'affection qu'elle ne
leur en avait jamais montré. Monsieur était
devenu plus gras, Madame encore plus
maigre, et, au premier petit Siebel étaient
venus s'adjoindre deux autres rejetons de
cette race intéressante. Ils étaient, de la tête
aux pieds, habillés dans des vêtementst ri-
cotés, et Linda, malgré sa tristesse, ne put
s'empêcher de sourire en voyant ces trois
disgracieux magots dont la mère était si fière.

— Regardez donc, ma chère, dit-elle à
Linda en lui faisant toucher chaque pièce
du gracieux costume d'un de ses fils, regardez donc; la chemise, le pantalon, le jupon,
la robe, tout est tricoté par moi.

Linda convint que Mme Siebel avait atteint l'idéal cherché par toutes les tricoteu-
ses des siècles passés et le baron qui, depuis
le retour de sa fille de prédilection, avait
presque recouvré sa bonne humeur, dit
qu'il trouvait Mme Siebel digne de porter
une couronne de lauriers... tout en tricot.

Linda comprenait que, pour arriver à ob-

tenir le consentement de son père au mariage de Frieda, il ne fallait pas trop brus-
quer les choses, afin de saisir l'occasion favorable. En attendant, elle sut encourager
avec prudence les entrevues des deux jeunes gens, qui, pénétrés de reconnaissance
pour sa bienveillante intervention, lui re-
mirent le soin de leurs intérêts.

Deux mois après son retour, voyant que
son père avait repris avec elle ses manières tendres et affectueuses d'autrefois, elle
hasarda une première tentative, mais le
baron fut tout à fait inexorable.

Après avoir prononcé un *non* des plus
formels, il garda le silence pendant quelques moments; puis, se tournant vers Linda il lui demanda si elle-même ne serait
pas disposée à contracter un second mariage.

A ces paroles, elle devint pâle comme la
mort.

— Jamais! mon père, jamais! dit-elle
avec force. Jamais, je ne porterai un autre
nom que celui que m'a donné Gustave.

Les sourcils de M. d'Althof se contractè-
rent subitement sous l'impression d'une violente irritation.

— Tu l'aimais donc bien, cet individu, dit-il avec une expression de mépris.

Linda devint aussi rouge qu'elle était pâle tout à l'heure, et la Linda des anciens jours eût peut-être répondu avec colère, en entendant cette qualification, rendue plus insultante par le ton avec lequel elle était prononcé, mais un souvenir plus aigu que la lame d'un stylet traversa son cœur, en lui rappelant le mépris qu'elle avait souvent témoigné au pauvre Gustave à cause de son nom plébéien, et elle répondit en pâlissant, mais avec beaucoup de douceur, quoique sa voix fût tremblante :

— Oui, mon père, je l'ai aimé, je l'aimerai toujours, et je n'aimerai jamais personne autre que lui.

M. d'Althof ne dit plus rien, mais, lorsque quelques jours après Linda, plus sûre d'elle-même, revint à la charge avec une nouvelle insistance, il donna enfin son consentement, sur la promesse réitérée que lui fit Linda de ne jamais se remarier et de passer toute sa vie auprès de lui.

Elle eut un moment de véritable bonheur lorsqu'elle put transmettre à Félix et à

Frieda le consentement à leur union. Ils se montrèrent si reconnaissants, si heureux que le baron lui-même finit par être satisfait de leur bonheur, puisqu'après tout, il conservait auprès de lui sa fille préférée.

Linda mit à tous les préparatifs du trousseau et du mariage la plus aimable et la plus maternelle sollicitude.

Le comte et la comtesse de Fontegnies vinrent, à l'occasion du mariage de leur sœur, passer quinze jours à Neuhof. Il ne fallait pas moins qu'un évènement de cette importance, pour décider la sédentaire Louise à quitter son chez elle et ses quatre enfants. Disons-le en passant, pour rassurer ceux qui seraient inquiets sur son compte, les soucis de la maternité, loin de nuire au développement de son embonpoint, lui avaient au contraire donné une ampleur des plus majestueuses. Son mari, en raison probable de la sympathie qui régnait entre eux, souffrant aussi d'un excès de santé, s'était mis, ainsi qu'elle, au régime Bentinck. Espérons que cette cure leur aura été propice.

Par une belle et joyeuse matinée d'avril,

dans la petite église du village, où Louise avait été mariée, Félix et Frieda furent unis devant un cercle restreint d'amis et de connaissances.

Des amis moins brillants, mais peut-être plus sincèrement dévoués que ceux qui prennent leur part aux fêtes de ce monde, accompagnaient la noce de la jeune fiancée. C'étaient tous les pauvres de la paroisse et du village dont Frieda avait été le bon ange et qui attirèrent sur sa tête, par leurs prières, les bénédictions dont son union fut comblée. Ils pleuraient en voyant partir leur jeune bienfaitrice, et celle-ci, à travers ses larmes qui brillaient comme la rosée sur une fleur, leur souriait à tous comme elle le faisait en leur donnant l'aumône.

Déjà en voiture, prête à partir, elle dit à Linda comme un dernier adieu :

— Je te donne mes pauvres.

— Ils seront désormais à moi, répondit-elle.

Le soir du même jour, vers le coucher du soleil, Linda alla prier sur ses chères tombes, ainsi qu'elle le faisait chaque jour, —

puis, le cœur plein d'espoir de revoir
un jour, dans la paix du ciel, ceux qu'elle
avait aimés sur la terre, elle revint à la
maison.

FIN DE LINDA.

LE MAITRE DE MUSIQUE

ou

PLUS HEUREUX QU'UN ROI

PLUS HEUREUX QU'UN ROI

Plus heureux qu'un roi! Heu, heu! Je ne donnerais pas beaucoup du bonheur d'un roi; cela ne signifie pas grand'chose, diras-tu peut-être, raisonnable, sage et prudent lecteur. A l'époque où nous sommes, il n'y a pas grand plaisir à porter une couronne. Ma foi! lorsque je pense à tous les princes qui ont payé une couronne de leur tête, à tous ces pauvres diables de prétendants, qui passent leur vie dans l'exil en attendant un royaume qu'ils ne parviennent pas à attraper, je bénis mille fois le ciel de n'être pas né sur le trône.

Tu as parfaitement raison, sage et intelligent lecteur, mais... mais tant que nous verrons des hommes faire le possible et l'impossible afin d'atteindre une couronne, —si petite qu'elle soit, —nous croirons toujours, nous autres pauvres enfants d'Adam, qu'il y a un bonheur extrême à être roi.

Eh bien, cher lecteur, si tu veux connaître l'histoire d'un homme plus heureux qu'un roi, lis, je t'en prie, le récit suivant.

Ceux qui connaissent le charmant village d'Interlaken, dans l'Oberland bernois, se rappellent certainement avoir vu, sur la grande route qui conduit à Goldswyl, une grande et belle maison de campagne qui, sous le nom de *Pension-Casino*, donnait l'hospitalité à un grand nombre des étrangers qui, pendant la belle saison, affluent dans cette partie de la Suisse. Par une belle après-dînée de l'été 186... un jeune homme, habitant la pension du Casino, se promenait avec une extrême agitation, dans une belle chambre située au rez-de-chaussée et meublée avec beaucoup d'élégance. Il paraissait avoir de vingt deux à vingt-trois ans tout

au plus. Sa taille, au-dessus de la moyenne,
était mince et bien proportionnée. Le charme
de sa physionomie résidait principalement
dans l'expression très-mobile de ses yeux
noirs, qui semblaient être les miroirs d'une
âme sensible et d'un esprit impressionnable. Il passait continuellement, à travers les
boucles de ses cheveux noirs, sa main blanche et d'une finesse tout aristocratique ;
puis, lorsque dans sa marche précipitée, en
arrivant devant la glace, il s'apercevait du
désordre de sa chevelure, d'un mouvement
impatienté, il repassait la main dans le sens
opposé croyant probablement, de par la loi
des contraires, remettre chaque cheveu à sa
place. Son regard tantôt brillant, tantôt voi-
lé par quelque pensée mélancolique, après
qu'il eut consulté sa montre, se portait avec
une sorte d'impatience fébrile sur la fenêtre
ouverte qui donnait sur la grande route,
dont elle n'était séparée que par une vérandah recouverte de chèvrefeuille et de clé-
matite qui entourait toute la maison. Un
très-beau piano de Pleyel, couvert de ca-
hiers de musique, était ouvert dans un coin
de la chambre. Le jeune homme dans un

moment où, sous l'influence de quelque
triste pensée, son regard s'était assombri,
s'assit devant l'instrument et joua avec une
expression passionnée les premiers accords
d'un nocturne de Chopin, mais la musique
elle-même ne parvenant pas à calmer l'agitation de son âme, il se leva brusquement,
courut à la fenêtre et reprit son poste d'observation. Evidemment, il attendait quelqu'un, ce n'était pourtant pas cette men-
diante qui racontait à chaque passant une
histoire lamentable, dont personne encore
n'avait entendu la fin, ni sans doute cette
fille d'Albion qui, ombrageant d'un voile
bleu son teint couperosé et tenant un album
et un pliant, se dirigeait vers Goldswyl d'un
pas raide et solennel. Mais, en vérité, je
crois bien que le comte Alarich de Rostowitz était si absorbé dans ses pensées qu'il
ne regardait aucune des personnes qui passaient sur la route. Il revenait, peut-être
pour la cinquantième fois, de l'extrémité de
la chambre à la fenêtre, lorsque tout à coup
il devint immobile. Son visage sembla éclairé comme par un rayon de soleil, et se cachant derrière les rideaux de mousseline

qui cependant dissimulaient assez imparfaitement sa personne, il fixa son regard
ravi sur deux femmes qui s'avançaient lentement sur le chemin. L'une d'elles était assez âgée. Ses cheveux blancs, et plus encore
son visage pâli sur lequel le chagrin avait
laissé sa trace, semblaient témoigner que le
chemin qu'elle avait traversé dans la vie
n'avait pas été toujours aussi uni et aussi
facile que celui sur lequel elle marchait
dans ce moment. L'on devinait, à sa démarche chancelante et incertaine, qu'elle était
aveugle avant même qu'on eût pu voir que
ses yeux étaient pour toujours privés de lumière. Il y avait tant de distinction naturelle
dans toute sa personne, qu'en dépit de sa
toilette tout-à-fait simple, l'on reconnaissait immédiatement en elle une femme d'un
rang élevé dans la société. Elle donnait le
bras à une jeune fille dont le frais visage, en
s'inclinant sur les cheveux blancs de sa
mère, faisait penser à un bouton de rose
tombé sur la neige, et en voyant le doux et
candide regard de ces yeux, bleus comme
la violette des bois, l'on était convaincu que
ce charmant bouton de rose ne devait pas

être entouré d'une seule épine. Elle pouvait avoir dix-sept ans au plus. Un joli petit chapeau de paille orné tout simplement d'un large velours noir, était posé sur sa tête blonde et une robe grise sans aucune garniture, mais d'une élégante simplicité, dessinait sa taille souple et gracieuse. Elle causait avec sa mère et le son argentin de sa voix caressait délicieusement les oreilles du jeune homme qui la contemplait avec ravissement.

— Ah! se disait-il, si cet ange daignait tourner la tête vers la fenêtre.

Pourrais-tu me dire, cher lecteur, si ce joli papillon qui porte mille yeux d'or sur son manteau d'azur se fit le gentil messager du jeune homme, ou bien si plutôt le hasard, qui se plaît à mêler et à démêler les fils des destinées humaines, pour jouer un tour de sa façon, ne se mit pas de la partie; le fait est que la jeune fille, tournant lentement la tête, jeta un timide regard sur celui que, depuis bien des jours, grâce à cet instinct essentiellement féminin, elle voyait parfaitement sans le regarder jamais. En rencontrant les yeux, très-éloquents peut-être, du comte Alarich, elle détourna rapidement son visage rouge comme une cerise, et, dans l'excès de son innocente confusion, elle laissa sans réponse une question de sa mère. Cependant, les deux dames, continuant leur chemin, prirent un sentier à gauche et disparurent bientôt aux yeux du jeune comte, qui resta immobile à sa place, les yeux fixés sur les lignes lointaines de l'horizon. Il était si complétement perdu dans sa rêverie, qu'il n'entendit pas entrer, dans sa chambre, un jeune homme qui s'avança vers la fenêtre. Il était du même âge que le comte Alarich, et, chose singulière, avait avec lui une certaine ressemblance. Une expression sarcastique très-marquée dans le coin de ses lèvres minces, ombragées d'une petite moustache relevée en croc, donnait un caractère d'une originalité piquante à sa physionomie. Il était l'ami et le frère de lait du comte Alarich, comme lui un fils du beau pays de Bohême, et s'appelait Edouard Gorike. Pendant le temps que nous avons mis à le présenter, il était arrivé à la fenêtre, et posa sa main sur l'épaule de son ami.

Celui-ci tressaillit, et, passant la main sur
le front, il regarda Edouard d'un air étonné.

— Qu'as-tu donc, dit le nouveau venu,
en prenant sur la table du papier et du tabac pour en faire une cigarette. L'on pourrait vraiment croire que tu es en extase.
As-tu par hasard été un moment dans le
ciel? Dis-moi donc quelque chose sur la
musique qu'exécutent Messieurs les Anges?
serait-ce celle de Wagner?

— Oh, Edouard, je l'ai vue!

— Eh bien, il n'y a rien de bien nouveau
à cela, dit froidement Edouard, car il me
semble qu'il y a au moins quinze jours que,
tous les après-dîners lorsque le temps est
beau, tu te mets en vedette afin de voir passer ces dames.

— Oui, mais sais-tu qu'aujourd'hui.....
ô mon Dieu, que la vie est donc belle!

— C'est encore à savoir..... eh bien! et
qu'y a-t-il de plus, dit Edouard, en allumant
sa cigarette?

— Imagine-toi qu'aujourd'hui ... elle a
tourné la tête de mon côté — oh! qu'elle est
donc jolie! — elle est devenue toute rouge,

et m'a paru plus charmante que jamais.

— Tu as donc un goût prononcé pour l'écarlate ?

— Edouard, dit Alarich, avec l'accent du reproche et en fronçant le sourcil.

— Eh bien..... et à quand ton mariage ? repartit Edouard avec le plus grand flegme, en s'étendant commodément sur le sopha.

— Mon Dieu ! comment peux-tu parler de cette manière d'une chose pareille ! Notre mariage ! Ah !... et il joignit les mains, incapable d'exprimer autrement les sentiments qui agitaient son cœur.

— Sais-tu bien, mon cher, qu'avec tous tes *ah !* et tes *oh !* tu ne te marieras jamais, si tu ne fais quelque chose pour arriver du moins à faire connaissance avec la dame de tes pensées. Il y a déjà quinze jours que tu es si amoureux, si sentimental, si langoureux, que tu cours le danger (je t'en préviens en ami), de devenir parfaitement ennuyeux ; et, avec tous tes soupirs et tous tes *ah !* répétés toutes les cinq minutes, tu n'en es pas encore à connaître le nom de ta belle.

— Si fait, je le connais, Dieu soit loué !

Elle s'appelle Eva. Un nom doux et charmant comme elle.

— Eva, dit Edouard lentement, d'un air sérieux. Eva, — hum! hum! prends garde, mon ami, prends garde, que tu ne sois traité comme Adam, et qu'on ne te donne quelque pomme malfaisante, qui...

— Oh! Edouard, comment oses-tu avoir de pareilles pensées en parlant de cet ange, dit Alarich dont le visage s'empourpra. Si tu n'étais pas mon meilleur ami...

— Voyons, ne te fâche pas. La colère est une mauvaise préparation pour entrer dans le saint état du mariage. Je suis ton ami, ce qui me sauve apparemment d'un grand danger; c'est un bonheur et une gloire que je sais dignement apprécier. Calme-toi, mon cher, calme-toi. Je t'assure que je pense beaucoup de bien de ton Eva; mais, dis-moi, en ayant le même nom de baptême que notre mère à tous, a-t-elle encore avec elle une analogie plus complète, en n'ayant pas de nom de famille?

— Non, non, dit en riant Alarich. Elle s'appelle Eva de Boren.

— De Boren! Est-ce une famille qui est

digne de s'allier à la noble race des Rostowitz? observa Edouard en accentuant ses
paroles, et.....

— Tais-toi, mon cher, ne dis pas de bêti-
ses, je t'en prie. Tu connais ma manière de
voir. Si jamais elle devient ma femme, je
m'estimerai le plus heureux des hommes,
quand même elle serait d'une naissance
obscure et n'aurait pas un kreutzer de
dot.

— Bravo! bravo! noble Alarich, tu n'ap-
partiens vraiment pas à ton siècle et tu
pourrais, comme une curiosité, être montré pour de l'argent..... Mais, dis-moi, noble
jeune homme, quel moyen as-tu employé
pour connaître le nom de ta belle?

— Oh! un moyen bien naturel, dit Alarich en souriant. J'ai tout simplement exa-
miné la feuille des étrangers.

— Quelle idée lumineuse! dit Edouard
en faisant un geste d'admiration. Tu es
vraiment un homme de génie. Je n'aurais
pas été capable d'y penser. Il est vrai que
je ne suis pas amoureux..... Oh! pas du tout.
L'amour est, décidément, un grand maître.
Sais-tu quel sera le titre de mon premier

opéra? *Alarich et Eva, ou l'amour professeur*. Qu'en penses-tu? Maintenant, il faut mettre en commun les facultés de nos hautes intelligences, afin de trouver un moyen d'établir des rapports avec la dame de tes pensées. Tu es devenu tellement pieux, depuis quelques jours, que Dieu te doit, en récompense, une bonne inspiration. Levé avec l'aurore, tu cours à la chapelle tous les matins.

— Ne vient-elle pas, avec sa mère, assister tous les jours à la messe?

— Et toi, pieux jeune homme, dit Edouard avec malice, vas-tu à l'église uniquement pour prier?

— Les premiers jours, je l'avoue, dit Alarich en rougissant un peu, j'y allais uniquement pour jouir de sa vue, mais, maintenant..... oh! maintenant tout est si différent!

— Eh bien! essaie de faire connaissance avec elle en lui offrant de l'eau bénite.

— Non, jamais! jamais! Ce n'est pas dans la maison de Dieu que je chercherai à troubler la paix de ce cœur angélique.

— Eh bien! ne veux-tu pas essayer de

te présenter chez Mme de Boren ? Une mère qui a une fille à marier est toujours disposée à voir de bon œil le riche propriétaire d'un majorat, orné du titre de comte.

— Oh ! je t'en prie, mon cher Edouard, ne parle pas ainsi ; laisse-moi croire, laisse-moi espérer que celle à laquelle j'ai donné tout mon amour peut aimer Alarich et non pas seulement une fortune ou un misérable titre !

Edouard haussa les épaules en faisant une nouvelle cigarette, et reprit après un moment de silence :

— A propos, dis-moi, est-ce que ta manie de faire continuellement l'aumône, — manie à laquelle nous devons le plaisir de ne pouvoir sortir sans avoir une troupe de mendiants à nos trousses, — est du même calibre que ta piété ?

— Ah ! tout ce qu'il y a en moi de bon ou de beau, je le dois à la reine de mon cœur. N'ai-je pas vu comment, une fois, justement en passant sur ce chemin, elle a donné cette pièce à un vieillard ?

Et le jeune homme tira, d'un petit médaillon en or richement émaillé qui était suspendu à sa chaîne de montre, une petite pièce de vingt centimes qu'il pressa sur ses lèvres.

— Et tu es fort capable d'avoir donné au mendiant vingt francs pour cette pièce de vingt centimes.

— Certainement ; n'avait-elle pas été touchée par sa main, dit Alarich en baisant, à plusieurs reprises, la petite pièce avant de la remettre dans le médaillon.

Edouard regarda son ami avec un air de commisération comique, et dit, en se croisant les bras :

— Mon pauvre garçon, l'amour t'a fait décidément perdre l'esprit, et je suis disposé à invoquer le secours des puissances du ciel, de la terre et de l'enfer afin de t'unir à ta bien-aimée, car, jusqu'à ce que tu sois bien et dûment marié, il n'y aura pas moyen d'échanger avec toi une parole raisonnable. Comme tu ne veux pas te présenter chez Mᵐᵉ de Boren sous ton nom, tu devrais essayer de quelque travestissement. Par exemple, celui d'un troubadour errant, portant une guitare attachée à l'épaule par un ruban bleu ; je suis persuadé que tu ferais ainsi la conquête de Mlle Eva. L'on ne peut nier que, en outre de ton talent pour la musique, tu n'aies quelques traits de ressemblance avec la race intéressante des troubadours. Aussi, est-ce peut-être à cause de cela que toutes les dames, ici dans la pension, raffollent de toi et te font les yeux doux.

— Oh! mon cher, crois-tu donc que je sois assez sot pour prendre pour ma personne des œillades et des coquetteries qui ne s'adressent qu'à ma fortune?

— Comment, toi, le modèle des chevaliers, tu peux avoir une pareille opinion du beau sexe! Mais, j'en suis sûr, c'est par modestie que tu t'exprimes ainsi; tu ne veux pas rendre justice à ton amabilité et à ta beauté. Ne sais-tu pas que tu me ressembles, et que, par conséquent, tu peux être considéré comme le frère cadet d'Apollon; et Edouard, qui se tenait devant la glace en prenant les airs d'un fat, se mit à faire des mines tellement grotesques, qu'Alarich éclata de rire.

Dans ce moment son valet de chambre entra et lui remit un billet qu'il ouvrit avec impatience.

— Ha ! ha ! voilà encore un billet doux, dit Edouard en se promenant dans la chambre.

— Réponds que je viens dans un instant et fais atteler mon cheval, dit à son domestique, Alarich, dont le front s'était rembruni.

Lorsque son valet de chambre se fut retiré silencieusement, il s'écria : Ah ! les relations du monde sont de véritables chaînes !

— Par quelle dame es-tu donc enlevé ?

— Par lady Forst qui me fait souvenir d'une promesse que je lui avais faite, il y a trois semaines. Avant l'arrivée d'Eva, j'avais promis, à lady Forst et à sa fille, de faire avec elles une partie à cheval. Mais c'était alors... Maintenant... tout est changé. Comment se fait-il que ces femmes ne puissent pas comprendre cela ?

— C'est vraiment désolant qu'elles soient aussi stupides, dit Edouard avec un accent tragi-comique. Fais bien attention, mon cher, tiens-toi sur tes gardes, il y a là, un filet matrimonial à éviter. Quand une Anglaise jette son grappin sur quelqu'un... ma foi, l'on ne peut pas toujours s'en dégager. Lady Forst a envie de faire de toi son gendre futur.

— Quelle idée, sa fille à la vérité est une jolie enfant, mais elle est si insignifiante! *Elle*, au contraire, est une personne très-distinguée. Elle peint, elle chante, elle connaît fort bien notre littérature, elle...

— Quel enthousiasme. Mon Dieu, quel brûlant enthousiasme! Je vois qu'elle te tient déjà dans ses lacs. Fais attention, jeune homme, fais attention.

— Oh! ne crains rien, cher ami, dit Alarich, avec un regard brillant. Je possède maintenant un talisman pour me défendre contre toutes les séductions de la coquetterie. L'amour, un véritable amour remplit tout mon cœur.

— Comment sais-tu que ton amour est véritable?

— Oh! je le sais parfaitement, dit-il en souriant... Viens avec moi, je te présenterai à ces dames que tu connais du reste.

— Grand merci, mon cher, c'est justement parce que je les connais que je n'ai pas envie de les voir. Je dois avouer que les conversations en anglais me donnent une envie folle de bâiller, et comme c'est *improper*, je préfère renoncer au plaisir de voir sa seigneurie. D'ailleurs, il me faut étudier encore ma sonate en mi-bémol, car je ne dois pas oublier que, dans quatre semaines, je donne mon concert à Baden.

— Quatre semaines, répéta Alarich comme se parlant à lui-même! O mon Dieu, si dans quatre semaines nous pouvions être fiancés!

— Repose-toi sur moi, dit Edouard, la main sur le bouton de la porte. Tu sais que j'ai certains gnomes et farfadets sous ma domination, je les mettrai tous en mouvement pour te réunir à ta belle, car tu es si amoureux et si ennuyeux, qu'il devient impossible de vivre avec toi. Adieu, mon cher, que Dieu te bénisse! Maintenant tu peux t'en donner à cœur joie, va babiller en anglais.

Dans l'après-dinée de cette même journée, une heure après cette conversation, quelques personnes de la pension Casino étaient réunies dans le jardin autour d'une table ronde et prenaient le café tout en causant avec animation.

Ceux qui connaissent l'Allemagne n'ignorent pas que prendre du café, et se livrer à

un commérage plus ou moins épicé de mé-
disances, sont deux occupations qui, en
s'associant toujours ensemble, constituent
un des principaux plaisirs de la vie féminine
au delà du Rhin. C'est un usage qui re-
monte aux siècles les plus reculés, et les
chroniques rapportent que les goûters donnés dans les forêts de la Germanie par Thus-
nelda, femme du grand Arminius, ont servi
de modèles à ceux qui de nos jours réunis-
sent, autour d'une table chargée de friandises, les bonnes âmes altérées de café et de
médisance. Tu ne me crois peut-être pas,
lecteur naïf, et tu en es à penser que prendre du café est un passe-temps aussi inno-
cent que récréatif. Hélas! le soleil n'est pas
sans taches, et la rose sans épines — c'est
ce qui explique..... Cher lecteur, tu le sais,
sur la même fleur une abeille trouve le suc
dont elle fait son miel, et une guêpe pompe
le venin dont elle charge son dard. Ne t'é-
tonne donc pas, si dans ces réunions charmantes, aux aimables abeilles se joignent
parfois des guêpes malfaisantes, qui, devant
une cafetière, ne se font nul scrupule de
médire du prochain et de sacrifier des ré-

putations aussi lestement que les petits gâteaux dont elles se régalent.

Rien de plus attrayant que ces réunions-là, quand on se trouve avec des abeilles..... mais les guêpes, les guêpes ! Que Dieu t'en préserve, cher lecteur..... et moi aussi. Après ce préambule indispensable à l'intelligence du récit, nous ajouterons que dans les pensions suisses, où la société allemande est en majorité, l'usage de prendre le café dans l'après-dînée est général. Ainsi que nous le disions tout à l'heure, plusieurs personnes, assises autour d'une table, étaient occupées à prendre du café et à bavarder à qui mieux mieux, quand une jeune fille qui gardait le silence dit tout à coup :

— Comme c'est beau, ce qu'il joue !

Pendant deux minutes, le bourdonnement des voix cessant, l'on put entendre, exécutés par un véritable virtuose, les premier accords de la sonate en mi-bémol de Beethoven.

— Qui joue ? Est-ce le comte ou bien son..... Qu'est-il, à proprement parler ? dit, avec un méchant sourire, une dame d'un certain âge qui étendait sa main sèche et

osseuse sur la cafetière, afin de se verser
la cinquième tasse.... Il l'appelle son ami....
mais bah! bah! l'on sait ce que cela signifie, et à en juger d'après la ressemblance,
l'on pourrait croire à quelque parenté suspecte.

— Je ne le crois pas, madame la Présidente, dit d'un air de bonhomie un vieux
militaire, qui, avec un étudiant blond et
efflanqué, était dans cette réunion, le seul
représentant du sexe fort, — je ne le crois
pas. Ce sont des amis très-intimes, mais pas
autre chose. Ils ont des yeux et des cheveux noirs, comme presque tous les Bohê-
mes ; voilà tout.

— Mais, monsieur le colonel, dit d'un
ton pincé une dame qui portait son grand
nez pointu aussi fièrement que s'il avait été
un arbre généalogique, comment expliquez-
vous, je vous prie, l'étrange intimité qui
existe entre ces jeunes gens?.... elle ne paraît guère naturelle, car enfin, M. Gorike
n'est pas autre chose qu'un artiste.

— Eh bien, madame la baronne, pourquoi, je vous prie, un comte ne pourrait-il
pas avoir pour ami un artiste? La chose est

d'autant plus naturelle ici, que M. Gorike est un charmant jeune homme, plein de cœur et d'esprit.

— Monsieur le colonel, je vous en prie, prenez encore de ces biscuits à l'anis; je crois que vous les aimez, dit la jeune fille qui avait attiré l'attention de la société sur la sonate de Beethoven.

— Merci, mademoiselle Christine, c'est en effet ma friandise favorite, dit avec candeur le bon colonel, en mettant sur son assiette quelques tranches dorées et appétissantes.

— Eh bien..... et personne n'a su encore me dire qui joue maintenant, dit la Présidente.

— Oh! madame la présidente, moi je le sais fort bien, dit avec un ricanement désagréable le long étudiant. Il y a de cela une demi-heure, j'ai vu passer, à cheval, M. le comte, qui accompagnait ces *vaillantes* amazones, lady Forst et sa fille.

— Parlez-moi de ces créatures, répliqua la Présidente, je crois que ce sont des écuyères de cirque!..... Quant à ce comte Rostovitz, Roskovitz, (je ne sais pas au juste

son nom, dit-elle du ton le plus méprisant),
c'est un libertin, un véritable roué. Il fait la
cour tout à la fois à la mère et à la fille ;
étant l'ami d'un artiste, il a tout naturellement les mœurs de *ces gens-là*. Pour rien
au monde, je ne voudrais qu'il s'avisât de
regarder mes filles. Mina, Rosa, écoutez :
Si le comte Rostovitz veut faire le galant
avec vous, faites-lui bien comprendre qu'il
perdrait son temps à vous faire la cour.

Les jeunes filles interpellées, qui ressem-
blaient à des fleurs n'ayant plus leur fraîcheur, inclinèrent, en signe d'adhésion à la
volonté maternelle, leurs têtes surmontées
de chignons qui en triplaient le volume,
et soupirèrent tout bas, en regrettant peut-
être de n'avoir jamais eu l'occasion de mettre en pratique les conseils inspirés par
l'austère vertu de leur mère.

— Elles ressemblent vraiment à des pi-
voines fanées, dit l'étudiant à l'oreille d'une
fort jolie jeune dame qui agitait son éventail
avec beaucoup de vivacité. Et vous, à quelle
fleur pourrait-on vous comparer ? il n'y en
a pas une qui mériterait de porter votre
nom, dit avec un soupir langoureux le jeune

homme qui avait déjà composé, en l'honneur de la jolie veuve, plus d'un sonnet dans lequel *cœur* rimait de la façon la plus touchante avec *douleur*.

— Taisez-vous donc, dit la jeune dame, avec un sourire plein de coquetterie et en jetant à son adorateur un regard qui le ravit. Allez, dit-elle à haute voix, allez me chercher des roses : je veux en mettre, ce soir, dans mes cheveux.

— Quel bonheur pour moi de vous obéir ! dit le jeune homme en se levant avec empressement. Mais... vous retrouverai-je ici ? demanda-t-il à voix basse, se penchant vers la jeune dame.

— Non, répondit-elle de ce ton impérieux que prennent certaines femmes lorsqu'elles sont assurées du pouvoir qu'elles exercent sur un homme. Allez toujours ! Dépêchez-vous !

Le jeune homme, ayant fait un léger salut à la société, s'inclina profondément devant sa divinité et s'éloigna rapidement.

Il était à peine arrivé au bout de l'allée, lorsque la jeune dame le rappela.

— Monsieur Émile, écoutez donc, revenez tout de suite.

Le jeune étudiant, heureux d'être rappelé, vint en courant devant la dame de ses pensées.

— Monsieur Emile, dit-elle avec une coquetterie agaçante, il faut que les roses soient sans épines. Vous les ôterez toutes vous-même. Ensuite vous irez sur le Rügen (*) me chercher des feuilles de lierre. Ce que vous trouverez de mieux, cela va sans dire. Vous remettrez le tout à ma femme de chambre, à six heures et demie, pas plus tard, entendez-vous? dit-elle en levant en l'air, de la manière la plus gracieuse, son joli petit doigt rose. Allez maintenant.

Le jeune homme, enchanté de la mission de confiance qu'il venait de recevoir et entrevoyant peut-être, dans des nuages roses, la possibilité de danser, le soir, une valse avec cette fière et impérieuse beauté, s'éloigna le cœur joyeux.

— Il paraît, madame, dit en souriant le bon colonel qui ramassait soigneusement les dernières miettes du gâteau à l'anis, il paraît que vous avez pris M. Emile pour votre page ou serviteur.

(*) Une montagne transformée en parc près d'Interlaken.

15*

— Il en est bien content, je vous assure, dit-elle en plissant dédaigneusement ses lèvres roses.

Trouvant que ce n'était pas la peine de se mettre en frais de coquetterie pour un vieux colonel en retraite, elle se leva, salua gracieusement la société, et, s'éloigna lentement, étalant, dans toute sa longueur, la traîne de sa robe de mousseline mauve.

Ce n'était qu'en humant le café sans interruption que la Présidente et la Chanoinesse avaient réussi à conserver toute leur dignité, en assistant à une scène bien faite pour blesser les sentiments délicats de leur vertu; mais il y a une fin à tout dans ce monde, même au contenu d'une de ces cafetières suisses qui semblent avoir emprunté la vaste rotondité de leur forme aux crinolines maintenant détrônées. Lorsque la Présidente s'aperçut que la cafetière, à sa neuvième tasse, venait d'épuiser ses derniers trésors, elle poussa un léger soupir, et dit, en levant vers le ciel ses petits yeux bruns ressemblant à des grains de poivre :

— Grands dieux! avec quelle espèce de

gens se rencontre-t-on dans ces pensions suisses! Cela me semble vraiment épouvantable de vivre sous le même toit qu'une créature de cette sorte. Elle donne la chasse à tous les messieurs de la pension. Elle fait tout ce qu'elle peut pour attraper un mari dans la personne du comte Rostowitz, et que veut-elle faire du *vertueux* M. Gorike? C'est à faire dresser les cheveux sur la tête. Par bonheur, mes deux colombes et moi, nous n'habitons pas le même étage. Nous sommes au second, et elle est au rez-de-chaussée. Ce n'est pas pour rien qu'elle a choisi cet appartement donnant sur le jardin... Elle a des raisons pour cela..... et.....

— Elle m'a dit qu'elle avait choisi le rez-de-chaussée parce qu'elle avait eu un accident au pied, qui lui rendait difficile de monter les escaliers, observa, d'une voix légèrement émue, M\ :sup:`lle` Christine, qui était devenue fort rouge.

— Vous croyez cela, ma chère enfant, parce que vous n'avez aucune expérience du monde, dit la chanoinesse d'un ton qui voulait prouver aux autres combien elle croyait en posséder elle-même. La conduite de Mme de Heyden prouve clairement que c'est une coquette de la pire espèce. Elle est tout simplement une femme perdue.

— Madame la baronne dit le colonel, vous êtes vraiment trop sévère envers cette pauvre jeune femme.

— *Cette pauvre jeune femme,* répéta ironiquement la chanoinesse. Je crois vraiment, monsieur le colonel, que vous êtes vous-même tombé amoureux de *cette pauvre jeune femme* et, sans aucun doute, vous allez maintenant rivaliser de zèle avec M. Emile, afin de devenir le valet de la *pauvre jeune femme.*

— Si je n'avais la goutte et quarante ans de trop, le diable m'emporte si je ne deviendrais pas le plus soumis, le plus dévoué de tous ses adorateurs, dit le brave colonel en riant aux éclats. Il faut pardonner aux jolies femmes quand elles ont de la vanité car, aussi longtemps que nous sommes jeunes, elles peuvent faire de nous tout ce qu'elles veulent.

— Oui, dit d'un ton fort aigre la chanoinesse, qui savait, à n'en pas douter, hélas! qu'aucun homme n'avait commis de faiblesse pour l'amour de ses beaux yeux, en effet, ces *personnes-là* ont un grand empire sur les hommes corrompus et sur ceux qui sont très-bornés.

— J'aimerais vraiment savoir ce que l'on admire tant chez elle, dit la présidente d'un ton dédaigneux. Je passe pour avoir le goût délicat. Eh bien! jusqu'à présent, je n'ai pu découvrir quels sont les charmes de Mme de Heyden. Elle a une figure tout à fait ordinaire.

— Mais, madame la présidente, que dites-vous? Elle est charmante, ravissante, faite pour rendre tous les hommes amoureux fous, dit avec vivacité le colonel auquel la pratique de la guerre n'avait pas appris à dissimuler et qui ne réfléchissait pas qu'en manifestant une pareille opinion, il se faisait de toutes les femmes qui étaient là, autant d'ennemies, et quelles ennemies! Pauvre homme!

— Je vous prie, chère amie, parlons d'autre chose, dit, d'un air de dignité, la chanoinesse qui, en se détournant, voulut donner la preuve que sa pudeur avait été blessée par les propos légers du colonel. Vos enfants ne doivent pas entendre une semblable conversation. C'est à peine si je.....

— Certainement! Pauvres colombes, dit la présidente en soupirant. Elles sont exposées à de grands dangers dans cette maison ; mais, Dieu merci, leurs cœurs sont purs et innocents, et ma sollicitude maternelle est infatigable. Maintenant, colonel, racontez-nous l'histoire du comte et de son ami, dit la présidente, qui, en femme bien apprise, exigeait de chacune de ses connaissances, un certain tribut de cancans plus ou moins intéressants.

— Le comte, qui est orphélin depuis longtemps, est né aux environs de Prague. M. Gorike est son frère de lait et lui a sauvé la vie dans son enfance.

— Mais, colonel, vous êtes avare de vos paroles, donnez-nous donc quelques détails, dit vivement la présidente, tirant son tricot d'un sac à ouvrage confectionné par les deux colombes et donnant par cela un témoignage de sa disposition à prêter l'oreille.

-— Ils se baignaient ensemble dans la Moldau, reprit le colonel, quand le jeune comte, je ne sais comment, tomba dans un

des trous de sable qui se trouvent en si
grand nombre dans cette rivière. Il aurait
infailliblement péri si son ami, avec une présence d'esprit au-dessus de son âge, n'avait
réussi à le sauver. Le comte, son père, conçut une telle reconnaissance envers le jeune
garçon, qu'il lui fit donner la même éducation qu'à son propre fils, et les deux jeunes
gens ne se sont jamais quittés. Ils firent ensemble leurs études à l'Université et au
Conservatoire de Vienne et le jeune comte,
en me parlant avec un véritable enthousiasme de son ami, me dit qu'il n'avait jamais pu réussir à lui faire accepter la rente
qu'il aurait désiré lui allouer. Celui-ci ac-
ceptait son amitié, mais non ses bienfaits,
et il gagne sa vie en donnant des leçons et
des concerts qui ont beaucoup de succès.
Vous voyez, Mesdames, que M. Gorike est
un charmant jeune homme, et que je n'a-
vais pas tort, en en disant du bien.

— Monsieur le colonel, je vous en prie,
appuyez votre pied malade, sur ce tabouret, vous serez mieux ainsi, dit Christine.

— Mille remercîments, mademoiselle
Christine, ma parole, vous êtes un ange,

dit le colonel. Eh bien ! dites-moi, mesdames, ne vous ai-je pas raconté là une jolie histoire ?

— Elle est très-intéressante, oh ! vraiment très-intéressante, dit avec un léger ricanement la présidente. Mais..., est-elle vraie ?... voilà la question. Il est très-facile d'inventer de semblables contes.

En s'exprimant ainsi, la présidente restait parfaitement dans son rôle, car qui n'a pas observé ce fait psychologique assez digne d'attention, c'est que la même personne qui accepte avec la plus incroyable crédulité tous les rapports désavantageux sur le compte des autres, est subitement prise d'un accès de scepticisme quand on raconte quelque chose à leur louange.

Comme la société a fini de prendre le café, quittons-la, je vous prie.

Vers les cinq heures de l'après-dînée, les deux femmes que nous avons vues sur la route deux heures auparavant, revenant chez elles, passaient devant la pension Casino. Pour la dixième fois peut-être, l'on entendait l'adagio de la sonate de Beethoven. L'air doux et pur, chargé de senteurs balsamiques, contribuait encore à rendre plus suaves et plus pénétrants les accents immortels du grand maître; aussi la pauvre aveugle, rendue par son infirmité plus sensible qu'un autre à de semblables impressions, s'arrêta-t-elle brusquement en levant la main droite avec un geste qui exprimait le ravissement.

— Eva, mon enfant, écoute donc comme c'est beau ! C'est sublime, c'est magnifique, répéta-t-elle plusieurs fois de suite. Pourquoi ne pas nous asseoir ici, afin d'écouter cette musique céleste ?

— Si vous voulez, chère maman, dit Eva en regardant timidement autour d'elle, voici un banc, nous pouvons nous asseoir ici.

Et les deux dames prirent place sur le banc placé sous la vérandah.

— Il joue divinement, vraiment divinement ! Cette sonate est admirable, tu avais commencé à l'étudier, mais tu ne parviens pas à bien la rendre. Sais-tu, mon enfant, qu'il me vient une idée, dit-elle avec cette vivacité qui caractérise les gens à tempérament nerveux. Celui qui joue si bien ne peut être qu'un artiste. Pourquoi ne te donnerait-il pas des conseils, des leçons de musique ?

— Si vous voulez, chère maman, dit Eva avec un accent qui témoignait plus de résignation que de contentement.

— Informons-nous de son nom. Appelle un domestique de la maison, Eva.

—- Oui, chère maman.

Et la jeune fille en appela un qui, justement dans ce moment, la serviette sur l'épaule, se promenait sous la vérandah.

— Dites-moi, mon ami, dit la vieille dame, comment s'appelle le monsieur qui, dans ce moment, touche du piano ?

— C'est M. Gorike, dit, dans le grossier dialecte bernois, le domestique en regardant niaisement les deux dames.

— Savez-vous s'il donne des leçons de musique ?

— Oui, je crois; je ne sais pas, dit l'honnête helvétien en ouvrant de grands yeux.

— Eh bien ! Eva, mon enfant, prends ce crayon et ma carte de visite et écris :

« Mme de Boren fait prier M. Gorike de
« vouloir bien venir demain à onze heures

« chez elle à Bienchoisi, afin de prendre des
« arrangements pour des leçons de mu-
« sique. »

— Donne-lui quelque argent avec cette
carte, dit en français Mme de Boren, et maintenant, mon enfant, donne-moi ton bras et
retournons à la maison.

— Portez cette carte au monsieur qui
joue du piano, dit Eva doucement, et les
deux dames s'éloignèrent lentement tandis
que le domestique, encore ébahi, mettait
l'argent dans sa poche, en se disposant à
monter l'escalier.

L'on venait de prendre le thé dans la
pension Casino et la société avait quitté la
salle à manger, lorsqu'Alarich, après s'être
attardé quelques minutes en causant avec
le bon colonel, entra dans la chambre d'E-
douard.

— Eh bien! où irons-nous ce soir, dit-il?

Sans lui répondre Edouard prit une carte
sur la table et dit avec une gravité affectée :

— Ne vous ai-je pas dit, noble comte,
que j'ai un certain nombre de lutins et de
gnomes, très-serviables, à ma disposition?
Ne vous ai-je pas dit que je les mettrai tous

en campagne, afin de vous unir à votre belle ?

— Eh bien ! que vas-tu faire pour cela ? dit Alarich dont les yeux brillèrent.

Sans dire un seul mot Edouard mit la carte sous les yeux d'Alarich, qui devint très-rouge.

— Comme tu es heureux ! dit-il en soupirant.

— Comment, dit Edouard, l'amour ne t'ouvre pas les yeux ?

— Que veux-tu dire ?

— Décidément, pour que l'idée ne te vienne pas d'elle-même, il faut que l'amour t'ait complétement aveuglé et fermé l'entendement. Comment ! le hasard, te traitant en enfant gâté, t'offre une de ces occasions rares telle qu'un amoureux ne pourrait en souhaiter une plus belle, et tu ne comprends même pas ton bonheur ! En vérité, c'est à désespérer de ton intelligence !

— Ton idée serait donc, dit Alarich en hésitant, que je prenne ta place comme maître de musique — cela serait, certes, un moyen de me rapprocher d'elle... mais cela serait-il bien délicat ? ... voilà la question.

— Mon cher, tu deviens tout à fait insupportable, dit Edouard dans un accès de désespoir comique. Je te propose, en premier lieu, de te présenter chez la mère de ladite beauté, en déclinant toutes les qualités nominales et autres qui gagnent la bienveillance de toutes les mères de famille. Tu refuses, car tu trouves ce procédé naturel beaucoup trop simple, trop prosaïque, trop ordinaire pour un rêveur sentimental, et romanesque comme toi. — C'est bon. — Un hasard heureux et extraordinaire m'inspire une idée telle qu'il n'en vient qu'aux hommes de génie, et te voilà en proie à des scrupules et faisant des difficultés, là où un autre pousserait des cris de joie! — Ecoute-moi bien. Si tu étais un pauvre diable comme moi, par exemple, et que tu voulusses, sous le titre de maître de musique, t'introduire dans une famille afin de séduire une riche héritière, il y aurait bien quelque chose à dire. Mais, telles que sont les circonstances, je ne vois vraiment pas pourquoi tu ne tenterais pas la fortune. Tu auras peut-être le très-grand bonheur d'être aimé pour toi-même et d'être accepté comme étant le pauvre M. Gorike; *va, bene, benissimo,*—mais à tout événement et si le tour venait à être deviné avant le dénouement, tu peux faire valoir tes droits comme prétendant riche et bien titré, et mettre toute l'aventure sur le compte de l'amour qui en fait faire bien d'autres. Or, crois-moi, si la chère maman proteste contre la petite farce jouée en son honneur, sois sûr que Mlle Eva ne t'en voudra nullement.

— Je crois vraiment que tu as raison, dit Alarich, dont le visage s'était peu à peu éclairci. Et peut-être, qu'après t'avoir dû la vie, c'est encore à toi, Edouard, que je devrai mon bonheur. Et, serrant la main de son ami, son regard lui en dit plus que des paroles. Il reprit après un moment de silence :

— Par quel hasard béni as-tu reçu cette chère, belle et bienheureuse carte qui va m'ouvrir la porte du paradis ? — et Alarich couvrit le petit carton de baisers, en se disant que la main d'Eva avait tracé ces lignes.

— Je n'en sais rien moi-même. Une

heure avant le thé, pendant que j'étais à travailler ma sonate, le grand Pierre (il peut bien être aussi venu d'Ithasio comme celui de Schiller) entra et me remit la carte en disant qu'elle m'était envoyée par des dames qui avaient été assises sur le banc devant la maison.

— Grands Dieux ! dit Alarich en passant la main dans les cheveux Elles sont venues ici et... je n'y étais pas.

— Je te conseille beaucoup, dit Edouard froidement, de ne pas t'arracher les cheveux, car, étant chauve, tu as moins de chance de plaire à la dame de tes pensées. Songe donc que demain tu pourras la voir.

— Indique-moi, mon cher Edouard, comment je devrai me comporter en maître de musique, démanda Alarich vivement.

— C'est demain, jeune homme, que je vous donnerai mes instructions, dit gravement Edouard.

— Mais, dis-moi au moins pourquoi tu ne m'as pas remis la carte avant le thé?

— Pour t'éviter mille distractions et un

nombre tout aussi grand de maladresses.
Tu aurais été capable de renverser une
tasse de thé sur la robe de lady Forst,
d'offrir à Mme de Heyden de la crême au
lieu de la confiture, de vouloir prendre du
poivre dans les yeux de la Présidente, et
cette dernière erreur, si excusable qu'elle
eût pu être d'ailleurs, n'aurait pas été sans
inconvénients.

Alarich se mit à rire de bon cœur. Tu
n'es pas seulement le meilleur des amis,
dit-il, tu es encore le plus intelligent de tous
les hommes !

— Je le sais très-bien, dit Edouard, d'un
ton qui augmenta encore la gaieté d'Alarich, aussi, pour garder toute ma sagesse,
j'aurai bien soin de ne jamais devenir
amoureux.

— Crois-tu donc qu'on devienne amoureux parce qu'on le veut? L'amour vient,
et, lorsqu'il est là, notre cœur est si bien
pris; qu'on ne peut plus rien faire pour
l'en sortir.

— Tes discours sont fort peu édifiants,
dit Edouard d'un ton scandalisé. La Présidente secouerait le poivre de ses yeux, si

elle savait que « *les colombes* » reposent sous le même toit qu'un homme qui s'exprime comme tu le fais. Reviens-tu de Cythère, mon cher ?

— Ah ! si tu savais combien je l'aime ! dit Alarich avec un regard brillant.

— L'amour est-il donc une si douce, une si belle chose ? dit Edouard à demi-voix..... et son visage fut subitement obscurci par un nuage de mélancolie qui couvrit un moment sa physionomie mobile. Mais cela ne dura qu'un moment, il reprit son ton calme et léger, et dit en allumant un cigare :

— Oui, l'on peut dire qu'aimer et s'énamourer, c'est un charmant passe-temps pour des gens riches, mais un pauvre diable comme moi ne peut pas y songer. C'est la musique qui sera ma fiancée, et.....

— Et j'espère bien, fit Alarich en l'interrompant, que tu auras une plus jeune fiancée que la Muse, qui est une dame un peu trop âgée pour toi. N'y a-t-il pas, dit-il en le regardant avec malice, une certaine jolie brune aux yeux bruns, dont le nom commence par un C.

— Tais-toi, dit Edouard, c'est une folie. Je suis pauvre, mais je suis trop fier pour consentir à être choisi ; c'est moi qui veux choisir, et, pour le faire, il faut d'abord que j'aie un nom et une fortune.

— Mais, pourquoi faire dépendre ton bonheur et le sien d'une misérable question d'argent? Elle a de la fortune, elle est orpheline. Je crois qu'elle t'aime, et qu'elle est incapable de calcul.

— Si je l'en croyais capable, jamais je ne l'aurais aimée, répliqua Edouard avec chaleur, mais il m'est impossible de m'exposer à être soupçonné de vues intéressées, par sa sœur et son beau-frère. Il ne faut pas y penser. Quand je serai arrivé à avoir ou à être quelque chose, j'aurai des cheveux gris, et elle sera à un autre...... Ainsi, tu le vois..... Et son ton et sa physionomie reprirent leur insouciance ordinaire. — Aimer et s'énamourer, c'est un article de luxe auquel je ne dois point prétendre. Vive l'art ! vive la Muse ! dit-il en lançant en l'air son porte-cigare ; cette belle-là m'aimera quand même j'aurais des cheveux gris. Où irons-nous ce soir ? Allons au Kursaal. La musique y est très-mauvaise, c'est vrai, mais le jardin est charmant, et l'on y rencontre tant de jolies femmes !

-- Franchement, j'aurais préféré rester ici, seul ou avec toi, afin de penser tout à mon aise à demain, mais, puisque tu le veux, sortons.

Et les jeunes gens, ayant pris leurs chapeaux et leurs gants, quittèrent la chambre.

— Aujourd'hui, mon ami, dit Alarich en entrant le lendemain matin dans la chambre d'Edouard, donne-moi tes instructions sur la manière de me comporter convenablement dans mon nouvel état. Comment dois-je m'habiller? Secondement, quel ton et quelles manières dois-je prendre?

— Rappelle-toi, mon cher, les paroles de notre immortel Gœthe : il dit, qu'entre les diverses manières d'agir ou de sentir, il y a plus de variétés différentes qu'entre le nez romain et le nez camus, et comme, à tout prendre, un maître de musique a tous les caractères qui appartiennent aux êtres humains, je ne te dirai pas autre chose que ces paroles dues à la sagesse des nations : Dirige ta barque selon le vent.

— Ce que tu dis est certainement très-spirituel, mais cela ne m'apprend rien du tout. Comment dois-je m'habiller ?

— En arlequin, dit Edouard d'un air grave ; tu mettras des bas verts, des culottes rouges, un gilet bleu et une veste jaune, et, comme je suis convaincu que Mlle Eva a le goût fin et délicat, je suis sûr que, dans ce costume, tu gagneras son cœur indubitablement.

— Oh ! je t'en conjure, n'emploie pas des expressions si légères, en prononçant le nom de ce bel ange.

— Non, non, je veux me convertir et, dès aujourd'hui, je commence une vie nouvelle. Chaque fois que je parlerai de ton « bel ange », je me frapperai trois fois la poitrine, en m'inclinant profondément et en poussant un profond soupir.

Et Edouard exécuta cette pantomime d'une façon si grotesque, qu'Alarich, en dépit de tout son respect pour son bel ange, ne put s'empêcher d'éclater de rire.

— Avec toutes tes farces, je n'en suis pas plus avancé, il est cependant bien temps d'y penser sérieusement, il est déjà huit heures et dix minutes, et c'est à onze heures que je dois être là.

— Comment, dit Edouard d'un air effrayé, tu n'as que trois heures pour faire ta toilette? Oh! mon Dieu, comment pourras-tu être prêt à temps? Si j'appelais quelques domestiques et des hommes de peine, afin d'aider ton valet de chambre à t'adoniser.

— Je t'en supplie, dit Alarich, ne plaisante pas, la chose est sérieuse. Dois-je mettre un habit?

— Tiens-tu beaucoup à être mis comme un valet de chambre?.... Je pense que non..... Mets-toi exactement comme tu te mets tous les jours.

— Dois-je mettre des gants paille?

— En ce qui concerne l'usage de porter des gants, dit Alarich d'un ton sentencieux, il y a chez les maîtres de musique trois catégories différentes, ainsi que me l'a appris une charmante et spirituelle élève; il y a d'abord ceux qui portent toujours des gants paille, qu'ils ôtent devant le piano. Secondement il y a ceux qui portent leurs gants à la main sans jamais les mettre; enfin, il y a ceux qui n'en ont jamais. Entre le vice et la vertu il y a deux chemins, mais dans l'usage de porter des gants il y a un *mezzotermine*.

— Je crois que je préfère en mettre, dit Alarich, portant les yeux, presque involontairement, sur ses mains blanches et soignées. Crois-tu que des gants lavandé lui plairaient ?

— La lavande est assurément une couleur du ton mineur qui convient à un soupirant.

— Ah ! bon, dit Alarich d'un air satisfait, je suis fixé sur cette question..... Maintenant, dis-moi un peu comment je dois me conduire. Dois-je être sévère ou indulgent ? Dois-je la prier de me jouer quelque chose ?

— Cela serait assez naturel, et je suppose que tu seras assez habile pour persuader à la mère et à la fille que celle-ci, pour faire des progrès rapides, doit nécessairement prendre une leçon tous les jours.

— Oh ! quant à cela, fie-toi à moi. A propos, donne-moi quelques-unes de tes cartes, afin de les montrer à ces dames, au cas où elles voudraient voir mon adresse.

— Tu as raison, en voici.

— Et, dis-moi encore une chose. Si Mᵐᵉ de Boren me demande le prix des leçons, que dois-je répondre ?

— Ah !.... c'est ici surtout que tu as besoin d'être prudent pour ne pas te trahir. Dis..... que tu ne donnes jamais de leçons à moins de cinq francs par heure, mais si tu t'aperçois que la bonne dame n'est pas disposée à payer autant, car, à en juger d'après leurs toilettes, elles ne doivent pas avoir grande fortune, accepte toutes les conditions qu'elle voudra te faire ; mon cher, tu ne saurais assez méditer sur la vérité renfermée dans ce proverbe :

Qui veut avoir le poussin doit amadouer la poule.

— Tu es vraiment la sagesse personnifiée, dit Alarich en serrant la main de son ami.

— Maintenant, il faut que je commence ma toilette, car à onze heures je dois me trouver à la porte du paradis.

— Et je veux espérer, dit Edouard, que tu ne rencontreras pas à l'entrée un chérubin armé d'un glaive flamboyant. Adieu, je

vais, au Jungfraublick, donner quelques leçons. Reçois par avance ma bénédiction,
et j'espère qu'en devenant le professeur de
Mᵉˡˡᵉ Eva, tu auras toi-même, pour maître,
le petit dieu malin qui t'inspirera tout ce
que tu dois faire pour mener à bien ton en-
treprise.

A onze heures, Alarich, après avoir passé
deux heures à faire sa toilette avec le soin
le plus minutieux, s'arrêta, plein d'émotion,
devant la porte d'une jolie petite maison de
campagne, qui, entièrement recouverte de
plantes grimpantes, ressemblait à un véritable nid de verdure. Un vieux domestique
de l'aspect le plus respectable, après avoir
lu son nom sur la carte, l'introduisit dans
un joli petit salon en disant d'une voix solennelle : Madame, M. Gorike.

— Ah! comme il est exact, dit la vieille
dame qui, assise dans un grand fauteuil,
tenait entre ses mains un tricot à grosses
mailles.

— Bonjour, monsieur, veuillez vous asseoir, et toi, Jacob, va prier Mademoiselle
de venir, dis-lui que M. Gorike l'attend.

Alarich se trouvait très-embarrassé.

Toute la hardiesse, dont il s'était cru en possession à l'avance, venait de disparaître, et il ne savait absolument que dire, tout en comprenant que son silence l'exposait à être jugé d'une manière désavantageuse par Mme de Boren.

— Il est peut-être timide, pensa-t-elle ; il faut que je le mette à son aise et, se tournant vers Alarich :

— Hier, monsieur, en passant avec ma fille devant le Casino, je vous ai entendu jouer et j'ai eu un si grand plaisir à vous écouter, que j'ai pensé à vous prier de vouloir bien donner des leçons de musique à ma fille.

— Combien je vous suis reconnaissant, madame, dit Alarich en balbutiant. Je ferai tous mes efforts pour répondre à la confiance dont vous voulez bien m'honorer.

La vieille dame eut l'air un peu surpris. Pourquoi cette fillette ne vient-elle pas?

— Avez-vous beaucoup de leçons, monsieur, dit-elle se tournant vers le jeune homme.

— Oh! non, pas une seule, madame, dit vivement Alarich qui ne pensait qu'à se ménager le moyen de donner des leçons tous les jours à Bienchoisi.

— Vraiment, monsieur, dit madame de Boren d'un certain ton qui fit tressaillir le jeune homme, lorsqu'il s'aperçut de la faute qu'il venait de commettre. Ce n'est pas un bon professeur évidemment ou bien c'est peut-être un garçon qui a mauvaise réputation, pensa-t-elle. — Eva, Eva, pourquoi donc ne viens-tu pas? dit-elle d'un ton impatienté.

— Me voici, chère maman; je préparais vos sachets d'herbe, dit avec douceur la jeune fille dont le visage se couvrit d'une vive rougeur lorsqu'elle vit Alarich. C'était donc lui, lui qu'elle voyait tous les jours sans l'avoir jamais regardé, c'était donc lui, qui lui donnerait des leçons de musique! N'était-ce pas très-extraordinaire?

Et le petit cœur d'Eva battait si fort, si fort qu'elle salua assez gauchement son futur professeur. Heureusement qu'elle s'aperçut que celui-ci était pour le moins aussi embarrassé qu'elle-même, ce qui lui rendit un peu de courage.

Cependant, Alarich, sentant qu'à tout

prix il devait dire quelque chose qui le fit
valoir aux yeux de Mme de Boren, afin d'é-
viter le malheur d'être expulsé du paradis
comme étant complétement idiot, demanda
timidement :

— Est-ce que mademoiselle a déjà pris
des leçons de musique?

— Certainement, ma fille joue très-bien,
dit Mme de Boren d'un ton piqué.

— Oh! je n'en doute pas, j'en suis bien
convaincu, dit vivement Alarich et son regard, en se portant sur la jeune fille, rendit
encore plus vives les roses de ses joues.

— Mademoiselle voudrait-elle me jouer
quelque chose, dit-il?

— Si vous voulez, monsieur, dit sèchement la vieille dame, mais avant de te mettre au piano, mon enfant, ramasse-moi les
mailles de mon tricot; elles sont toutes
écoulées.

— Oui, chère maman, dit Eva en prenant le tricot; mais les pauvres petits doigts
tremblaient tellement que les aiguilles se
refusaient à entrer dans les mailles.

Alarich, sentant que sa barque était en
grand danger de se briser contre les écueils,

se dit qu'il devait tout faire pour changer la disposition de la capricieuse vieille dame. Il ouvrit doucement le piano, et, s'étant assis, il commença à préluder d'une manière si remarquable, que l'humeur de Mme de Boren s'adoucit immédiatement.

— Comme vous jouez bien, dit-elle du ton le plus aimable! Ah! Eva, si tu pouvais apprendre à jouer comme monsieur, cela serait un très-grand bonheur pour moi. Rien ne fait autant de bien à mes pauvres nerfs si souffrants, comme la belle musique. Mon cher monsieur Gorike, faites-moi le plaisir de me jouer la belle sonate, que vous avez exécutée hier, dans l'après-dînée.

— Avec le plus grand plaisir, madame, dit Alarich auquel ces paroles bienveillantes avaient rendu le courage.

— Veuillez me désigner quelle sonate vous désirez entendre.

— C'était la sonate en *mi* bémol majeur de Beethoven, dit timidement Eva en levant les yeux de dessus le tricot de sa mère.

— Ah!... celle-là?...

Et Alarich, électrisé par le doux regard qu'il recueillit avidement, commença à jouer la sonate en véritable virtuose.

Ceux qui ont le merveilleux pouvoir de traduire leurs sentiments en harmonies expressives peuvent, dans cette langue vraiment divine, dire des choses qu'aucun langage humain ne pourra jamais répéter. Nous n'appartenons cependant pas à l'école qui prétend mettre la vie en musique, et nous ne serions pas sans inquiétude sur le sort de celui qui commmanderait tous ses repas dans une série de chants du passé, du présent et surtout de l'avenir... lors même que la cuisinière posséderait des facultés musicales aussi fameuses que celles de Sapho d'amoureuse mémoire... Mais... nous en appelons à tous les vrais musiciens... n'est-il pas vrai que certaines nuances de sentiment légères et délicates, semblables à des ombres vaporeuses, peuvent être exprimées par le véritable musicien. tandis que le plus grand des poëtes, le plus habile des peintres, le plus remarquable des sculpteurs, sont incapables de les rendre dans leur forme impalpable et cependant sensible ? L'art est un chemin doré, semé d'épines, qui joint le ciel à la terre : ceux qui l'ont traversé en entier, laissant

bien souvent, hélas! des lambeaux de leur
existence aux épines du chemin, peuvent
parler aux enfants de la terre le langage du
ciel, et le véritable artiste est celui qui, dans
ses œuvres, révèle au monde l'idéal. Mais
rien ne transporte si haut dans les régions
de l'art qu'un amour noble et élevé lorsqu'il
prend possession d'un cœur jeune et pur.
Alarich, animé d'un enthousiasme que le
doux regard d'Eva venait encore d'exalter,
joua beaucoup mieux qu'il ne l'avait jamais
fait. Oubliant tout ce qui n'était pas son
amour et ne voyant que celle qui, dans les
nuages dorés de l'espérance, lui apparaissait
comme le prix accordé à son talent, il rendit d'une manière vraiment merveilleuse
l'œuvre du grand maître. Le vieux Beethoven dut tressaillir de joie dans son tombeau
en entendant les accents de son génie immortel interprétés aussi dignement. Alarich
sentit, tout de suite, qu'Eva et sa mère com-
prenaient et aimaient véritablement la musique, car tous les vrais musiciens, de par
cet instinct qui leur est propre, connaissent,
au bout d'un moment, leur auditoire tout
aussi bien que leur instrument, et ne sont

jamais dupes des compliments exagérés et
des exclamations affectées, qui sont la petite monnaie de ceux qui veulent donner
le change sur l'ennui qu'ils éprouvent. N'arrive-t-il pas souvent que, devant un auditoire considérable, l'on ne joue que pour
une seule personne? et cela parce que l'on
sent qu'elle seule comprend la langue mu-
sicale comme nous la comprenons nous-
même. Quand Alarich eut joué le dernier
accord, Mme de Boren se leva et, s'avançant vers lui, en lui tendant la main avec
une cordialité pleine de grâce :

— Je vous remercie, dit-elle, de tout
mon cœur. Il y a bien longtemps que, privée de tant de jouissances comme je le
suis, je n'ai eu un aussi grand plaisir que
celui que j'ai éprouvé en vous écoutant.
Recevez les affectueux et sincères remerciements d'une pauvre aveugle.

— Vous me rendez très-heureux par des
paroles aussi gracieusement bienveillantes,
madame, répondit Alarich qui, fort ému,
baisa respectueusement la main de la vieille
dame.

Et Eva? Elle ne dit pas une parole, mais

ses yeux bleus paraissaient au jeune homme des étoiles qui lui promettaient le bonheur du ciel.

— Vous êtes un artiste si distingué, qu'en vérité je ne sais pas si j'ose vous prier de donner des leçons à ma fille, dit Mme de Boren, elle aime la musique et a du talent, mais l'état de santé où je suis exigeant des soins continuels, la pauvre enfant n'a que fort peu de temps à donner à l'étude.

— Oh, si mademoiselle a du talent, c'est la chose essentielle, dit vivement Alarich et, si madame veut bien me permettre de lui donner tous les jours une leçon, je suis sûr qu'elle fera de rapides progrès.

Si, dans ce moment, Mme de Boren eût recouvré la vue, il est bien possible que le regard passionné avec lequel le jeune homme regardait sa future élève ne lui eût semblé quelque peu suspect chez un maître de musique, mais, aveugle comme elle l'était, et sous le charme de la sonate, elle ne vit dans ces paroles qu'un simple témoignage de politesse et le désir très-naturel d'augmenter son revenu en donnant le plus possible de leçons. Cette der-

nière idée prit tellement le dessus, qu'avant
de s'engager, elle voulut savoir à quoi s'en
tenir. Veuillez me dire, monsieur, quel est
le prix de vos leçons?

A ces mots, Alarich devint très-rouge. —
Le moment dangereux, dont m'avait parlé
Edouard est venu, il faut que je fasse bien
attention, pensa-t-il; et il murmura d'une
voix à peine intelligible :

— Daignez, madame, indiquer vous-
même le prix qui vous convient.

— Pas le moins du monde, monsieur,
dit Mme de Boren un peu surprise. C'est
votre affaire et non la mienne.

— Je demande..... je ne pas..... je ne
demande..... pas moins pas que..... pas
moins que 5 francs par heure.

— Si peu! s'écria Mme de Boren avec
l'accent d'une parfaite franchise. Quel singulier maître de musique! se dit-elle. Je n'en
ai pas encore vu de semblable. Ce doit être
un mauvais professeur, mais..... il joue
divinement, et pour Eva, il y aura un
immense avantage à entendre de la belle
musique.....

— Eh bien, monsieur, dit-elle tout haut,

j'espère que c'est une affaire arrangée et que
vous viendrez tous les jours à onze heures.

— Avec le plus grand plaisir, madame,
dit Alarich le visage rayonnant et s'inclinant profondément. Dois-je aussi enseigner
à mademoiselle l'harmonie et le contre-
point ?

En employant ces expressions techniques,
Alarich était persuadé qu'il entrait parfaitement dans son rôle.

— Si ce n'est pas trop ennuyeux à écouter, pourquoi pas ? dit M\ :sup:`me` de Boren.

— Mademoiselle aurait-elle la bonté de
me jouer quelque chose, afin que je sache
quelle musique je dois apporter demain ?

— Vous avez raison. Eva, donne-moi le
tricot et joue la valse de Chopin ; tu sais,
mon enfant, celle que j'aime tant !

— Oui, chère maman.

Et la jeune fille confuse s'assit au piano
et, après avoir d'une main tremblante joué
quelques accords, elle commença la valse
de Chopin. Son jeu manquait de force et
d'accentuation, mais il était plein de charme
à cause du sentiment qui donnait de la valeur à chaque note. Alarich aurait été bien

heureux de passer ainsi des heures à écouter
la jeune fille, tant il éprouvait de plaisir
à pouvoir la contempler tout à son aise. Assis à trois pas d'elle, il ne pouvait détacher
ses yeux de l'être charmant qui, de moment
en moment, devenait plus cher à son cœur.
Quand Eva, après avoir fini, tourna timidement vers lui son beau regard, il resta une
minute à la regarder, incapable de prononcer une parole.

— Eh bien, monsieur Gorike, comment
trouvez-vous le jeu de cette fillette?

— Charmant, madame; mademoiselle a
décidément un talent hors ligne, et c'est un
véritable bonheur que de donner des leçons à une élève aussi remarquablement
douée.

— Vraiment! dit la mère.

— Sans aucun doute, répondit Alarich;
mais, craignant d'avoir trop ouvertement
manifesté son enthousiasme, il reprit avec
vivacité :

— Si mademoiselle veut bien me le permettre, je lui donnerai quelques indications
sur la manière de tenir la main, afin de
perfectionner son toucher. .

— Commencez tout de suite, je vous prie, cher monsieur Gorike. Vous ne sauriez croire combien je désire que ma fille puisse acquérir un joli toucher. Eva, mon enfant, fais bien attention, je t'en prie.

— Oui, chère maman.

Alarich, en rougissant extrêmement, approcha sa chaise de celle de sa timide écolière, et fit des efforts extraordinaires pour se donner l'air docte d'un professeur.

— Mademoiselle, veuillez, je vous prie, tenir votre main comme la mienne..... ainsi..... et Alarich, après avoir laissé, comme en jouant, sa main courir sur les touches d'ivoire, la tint un moment exactement dans la même position où elle était pendant qu'il jouait. Eva, les yeux baissés et avec la meilleure volonté, essaya de tenir sa main comme celle d'Alarich, mais cela ne lui réussissait pas.

— Je vous prie, mademoiselle, arrondissez un peu plus le cinquième doigt..... ainsi..... parfaitement, maintenant, étendez davantage le quatrième..... Pas autant, je vous prie..... Un peu plus..... Pas ainsi..... Veuillez regarder la manière dont ma main

est ployée..... Relevez un peu le poignet.....
le deuxième doigt plus arrondi.

Alarich, qui en esprit couvrait de baisers
ces jolis petits doigts si gracieusement ma-
ladroits, n'osait pas les toucher, car un
amour véritable sanctifie toujours l'objet de
son culte.

Eva, dont le petit cœur battait toujours
plus fort devant les témoignages de la patience de son maître, perdait de plus en plus
sa présence d'esprit.

— Mais vraiment! cela commence à devenir ennuyeux, dit Mme de Boren d'un ton
impatienté. Cher monsieur Gorike, arran-
gez-lui vous-même la main, si elle ne peut
pas vous comprendre. Son vieux maître,
Viornu, ne faisait jamais autrement.

— Oh! mon Dieu, si j'avais ce courage,
dit Alarich en rougissant, et il se déclara très-
satisfait d'une position très-maladroite.

— Que désirez-vous étudier, mademoiselle? dit-il d'un ton que, dans son inno-
cence, il croyait être celui d'un maître accompli, mais qui l'était en réalité si peu,
qu'Eva, en baissant les yeux et en rougissant, dit à voix basse :

— Je ne sais pas.

— Tu es vraiment un peu sotte aujour-
d'hui, ma pauvre enfant, dit avec impatience
Mme de Boren, qui commençait à trouver la
leçon un peu trop longue.

Alarich, par bonheur, se souvint dans ce
moment du proverbe qu'Edouard lui avait
cité : Dirige ta barque selon le vent, et en
conclut qu'il serait prudent de quitter un
moment la fille pour s'occuper de la mère,
et, après avoir exprimé quelques idées pleines de profondeur sur la pluie et le beau
temps, il demanda à Mme de Boren si elle
connaissait les environs d'Interlaken.

La pauvre aveugle, charmée d'entamer
une conversation qui lui offrait quelque di-
version, répondit, qu'arrivées depuis trois
semaines à Interlaken, elles n'avaient été
qu'au Rügen, où elles allaient tous les jours
de beau temps, circonstance qui sembla
étonner l'hypocrite Alarich qui ne s'était
pas douté de la chose.

— Vous ne connaissez donc pas Goldswyl, madame? Vous ne sauriez croire combien l'air de la colline est pur et vivifiant,
dit Alarich qui eut le tact, puisqu'il par-

lait à une aveugle, de ne pas faire mention de la belle vue.

— Non, en vérité, je ne connais personne ici, de sorte que nous ne nous sommes jamais hasardées à aller bien loin. Nous faire suivre de mon valet de chambre me semblait très-ennuyeux, je vous l'avoue.

— Oserai-je vous offrir, madame, de vous y mener! Je suis sûr que l'endroit vous plairait beaucoup!

— Oh! très-volontiers, dit vivement la vieille dame. Ne pourrions-nous pas y aller aujourd'hui?

— Je suis à vos ordres, madame. A quelle heure dois-je venir?

— A quatre heures, je pense. Il fera moins chaud. Qu'en dis-tu, Eva?

— Comme vous voudrez, chère maman. Faut-il beaucoup de temps pour y aller?

— Il faut un peu plus de deux heures pour aller et revenir.

— Nous serions donc de retour vers sept heures, dit Mme de Boren..... Alors vous resterez pour prendre le thé avec nous, n'est-ce pas, cher monsieur Gorike? et ensuite vous me ferez un peu de musique.

— Avec le plus grand plaisir, madame, dit Alarich, tellement pénétré de joie qu'il croyait rêver.

— Et maintenant, adieu, cher monsieur, la leçon est finie pour aujourd'hui, car je suis un peu fatiguée.

Et la bonne dame se levant, prit le bras de sa fille.

— Adieu, madame ; j'aurai l'honneur de me trouver ici à quatre heures.

Alarich, s'étant incliné profondément devant les dames, quitta le salon et la maison dans un tel état de joyeuse exaltation, que le vieux Jacob alla immédiatement confier à la femme de chambre que le nouveau maître de musique de mademoiselle ne lui paraissait pas être un homme tout à fait dans son bon sens.

— C'est un bon et excellent homme, dit Mme de Boren ; il m'est très-sympathique et je l'aime déjà comme si je le connaissais depuis longtemps. Sa voix a un timbre musical qui me calme les nerfs. Je suis sûre qu'il doit lire très-bien. Je le ferai lire ce soir, cela me fera bien dormir. Quel air a-t-il ?

— Que dirai-je, chère maman? dit Eva, qui trouva fort difficile de faire le portrait de son professeur.

— Eh bien! dit sa mère avec impatience, est-il grand, petit, brun ou blond, beau ou laid, jeune ou vieux?

— Eh bien! chère maman..... il n'est pas grand..... mais il n'est pas petit, non plus... ajouta-t-elle vivement. Il a..... des cheveux noirs..... c'est certain..... Ses yeux..... Et Eva se représenta si vivement le regard de ces yeux qui l'avaient contemplée comme personne encore, jusqu'à ce jour, ne l'avait regardée, qu'elle rougit prodigieusement et resta court.

— Que t'arrive-t-il donc, mon enfant? tu es réellement inexplicable. Sais-tu que tu t'es montrée peu intelligente pendant la leçon..... Je crois, vraiment, que tu ne prends pas assez de mouvement. N'oublie pas de prendre ce soir de la pulsatille, le vieux Cromer disait que c'était bon pour réveiller l'intelligence [*].

(*) *Note d'un lecteur.* — Hélas! ce moyen est-il vraiment efficace : Vite, vite, donnez-moi de la pulsatille à forte dose!

— Oui, chère maman, dit Eva, enchantée d'en être quitte avec la pulsatille. Ne voulez-vous pas prendre vos camomilles ?

— Oui, tu as raison, mon enfant, dit-elle vivement, ou..... plutôt, non ; dis à Catherine que je les prendrai à une heure, maintenant je ferai les applications des sachets d'herbe, et puis tu me liras le journal et tu me prépareras de la limonade.

Pendant ce temps, Alarich, le cœur plein de joie, revint à la maison, mais ne trouvant Edouard ni dans sa chambre ni dans la sienne, il alla au Rügen, car, à défaut d'un ami, c'est toujours la nature, cette mère universelle, que nous aimons à avoir comme témoin de nos joies et de nos douleurs. La forêt resplendissait dans sa majestueuse beauté, mais Alarich ne voyait rien. Il entendait seulement que les oiseaux terminaient leurs cadences joyeuses en chantant le doux nom d'Eva. Machinalement, il se baissa vers la terre et ramassa une feuille de trèfle des bois..... Voilà, pensa-t-il, les trois lettres de son nom..... et il s'assit sous un hêtre, afin de rêver tout à son aise à sa bien-aimée.

IV

Une semaine après cette mémorable journée, Alarich, de retour d'une promenade qu'il avait faite, dans la matinée, avec les dames de Boren, entra dans sa chambre, alluma une cigarette, s'étendit sur son sofa et se livra, *con amore,* à ce plaisir des plaisirs pour un rêveur, celui de rester dans une complète immobilité de corps, en donnant un champ libre à l'imagination. Devançant les temps, il se voyait déjà l'heureux époux de son Eva adorée; ses nombreux enfants aimaient en lui le meilleur des pères; ses tenanciers ne pouvaient assez se louer du bonheur de vivre sous un pareil maître; l'âge d'or recommençait en Bohême comme aux beaux jours de la reine Libussa. Edouard, marié à la charmante Christine et devenu le plus illustre compositeur de l'époque, vivait près de lui et faisait retentir le monde de ses succès et.....

Dans ce moment même Edouard entra.

Alarich tressaillit, lui tendit la main et dit :

— Je pensais justement à toi.

— Vraiment ! Eh bien ! moi, non-seulement j'ai pensé à toi, mais je vais te dire à quoi j'ai pensé.

— Tu as l'air bien sérieux, dit affectueusement Alarich qui, malgré l'égoïste distraction des amoureux, remarqua tout de suite l'extrême pâleur de son ami. Qu'as-tu, mon cher Edouard ?

— Ce n'est rien, ce n'est rien, dit celui-ci en passant la main sur son visage comme s'il avait voulu en effacer les traces du chagrin.

— Edouard, tu me trompes, il y a *quelque chose*, dit Alarich qui s'était levé vivement et avait saisi la main de son ami. Est-ce que Christine part ?... Lui as-tu..... parlé? Et il se tut.

— Non, je ne lui ai rien dit... mais ils partent après-demain, dit Edouard d'une voix sourde.

— Edouard, mon ami, je t'en supplie, dit vivement Alarich, laisse-moi, de grâce, réaliser un vœu que j'ai formé depuis longtemps, et t'assurer une situation qui te donne le droit de demander la main de cette aimable et charmante Christine, si digne de toi, si bien faite pour te rendre heureux. Accepte donc, pour l'amour de moi, 100,000 guldens, et demande, dès aujourd'hui, sa main. Si ce n'est pour elle ni pour toi, fais-le pour l'amour de moi. Me serait-il possible d'être heureux si je te savais malheureux ? Par pitié, Edouard, fais ce que je te demande.

— Non, mon ami, pour rien au monde, dit Edouard d'un ton ferme, mais avec un accent ému qui adoucissait cette résistance si formelle. Ton amitié m'est trop précieuse pour que je veuille l'échanger contre une fortune.

— Edouard, dit Alarich d'un accent de reproche, pourquoi donnes-tu une telle portée à mon offre ? Si tu veux, pour l'amour de moi, accepter ce capital, c'est moi qui serai ton obligé. Ne te dois-je pas la vie que tu as sauvée en exposant la tienne ?

— Mon cher Alarich, répondit Edouard avec effusion, un mot d'explication, je te prie. N'attribue pas mon refus à un faux orgueil ; je t'aime assez pour ne pas craindre de te devoir beaucoup ; mais, ce qui nous semble naturel à tous deux serait jugé autrement par le monde et exposerait mon honneur à des interprétations fâcheuses.

— Eh ! laisse le monde brailler tant qu'il voudra. Qu'avons-nous à faire de ses jugements ? dit vivement Alarich.

— Mon cher ami, rien ne me fera revenir sur ma décision. Je sais bien que, vis-à-vis de toi, je pourrais conserver la même indépendance de sentiments et de paroles, mais dans le monde cela ne serait pas possible... Je t'en prie, ne parlons plus de cela et laisse-moi te dire.....

— Alors, dit Alarich qui semblait n'avoir pas entendu les dernières paroles, pourquoi ne pas avoir confiance dans la noblesse de sentiments de Mlle Christine ? Elle t'aime... j'en suis certain.

— Ah ! ne me le dis pas, car cela me rendrait le sacrifice trop difficile.

— Eh bien ! comment peux-tu hésiter un moment entre le bonheur de vous deux et une misérable question de vanité, car, après tout, il faut en convenir, ce n'est pas autre chose. Si tu avais de la fortune et qu'elle

n'en eût pas, tu n'hésiterais pas un moment
à demander sa main. Pourquoi n'accepte-
rais-tu pas d'elle ce que tu serais disposé à
lui donner ? Elle n'est pas si riche d'ailleurs... Que peut-elle avoir ?... 80,000 ou
100,000 florins.

— Elle en a 50,000 !

— Eh bien ! ce n'est donc pas si considérable.

— Oui, pour toi, mon cher, mais c'est
beaucoup pour celui qui n'a rien ! Je sais
bien que ce n'est pas elle qui me soupçon-
nerait de vues intéressées, mais je suis bien
sûr que sa sœur et son beau-frère, qui lui
ressemblent fort peu, seraient les premiers
à me décrier dans le monde... et, te le dirai-je, mon ami, selon ma manière de voir,
le monde n'a pas tout à fait tort, en jetant
un certain mépris sur l'homme pauvre qui
épouse une femme riche. Ce n'est pas honorable pour un homme, et celui qui tient
tout son bien-être de sa femme a une position fausse et très-délicate..... Ainsi, mon
ami, n'en parlons plus, dit Edouard qui aurait bien voulu en parler encore.

Alarich, depuis un moment, était tombé dans une profonde rêverie. Il releva la tête tout à coup et dit en jouant, d'un air distrait, avec sa chaîne de montre :

— Si, en faisant à Mlle Christine l'aveu de ton amour, tu la priais d'attendre quelque temps encore, jusqu'à ce que tu te sois fait une position. Tout le monde te prédit un grand succès ; tu te feras un nom comme compositeur, et alors.....

— Ah! mon cher, dit Edouard, avec une expression mélancolique qui semblait étrange sur sa piquante physionomie. Il y a trois ans que mon opéra est écrit..... Quand sera-t-il joué? Le sais-tu?.... moi je n'en sais rien !

— S'il n'a pas encore été joué, dit Alarich avec chaleur, c'est parce que tu ne cesses de faire des changements et des corrections, sans cela il l'aurait été déjà, sinon à Vienne, du moins à Prague.

— Et tu crois que j'aurais le front de me présenter devant Mlle Christine, belle, jeune, charmante, riche, bien alliée, et de lui dire : Acceptez la main d'un pauvre diable, qui n'a pas le sou, mais qui a dans son portefeuille un opéra manuscrit.....

qui n'a pas été joué. Non, c'est tout à fait impossible et je perdrais ma propre estime si je pouvais en agir ainsi.

— C'est fini..... n'en parlons plus ; et pendant quelques minutes, il se promena à grands pas dans la chambre. Il reprit après un moment de silence :

— Parlons maintenant de tes propres affaires. Je n'ai pas besoin de te faire de questions à ce sujet. Je sais que tout va au mieux.

Alarich, en signe d'adhésion, inclina légèrement son visage dont l'expression rayonnante était la plus complète affirmation des paroles de son ami.

— Eh bien, mon cher, puisque tu es presque assuré de la tendre sympathie de Mlle Eva, et que Mme de Boren t'a pris en si grande amitié, je t'engage à profiter au plus vite de ces bonnes dispositions, afin de t'assurer de la main de sa fille, parce que.....

— Parce que..... quoi? dit Alarich.

— Oh! Il y a plusieurs bonnes raisons. Le comte Rostowitz, en consentant à vivre avec sa belle-mère, est parfaitement sûr d'obtenir la main de la charmante Eva, mais le beau de la chose (et je ne suis pas étonné que cela ait pu te tenter), c'est d'être agréé comme étant M. Gorike, n'est-ce pas? Eh bien, pour avoir ce plaisir-là, je te conseille de te presser.

— Dis-moi la raison.

— La première, c'est le caractère de Mme de Boren.

— Que veux-tu dire?

— Je fais ici un raisonnement qui, je t'assure, est selon toutes les règles de la logique. D'après ce que tu m'as raconté, il m'est permis de conclure que Mme de Boren est une femme bonne, aimable, peut-être spirituelle même..... mais légère, inconséquente et impressionnable. Le bel engouement qu'elle a pris pour toi, qui te fait vraiment tomber les alouettes rôties dans la bouche, en te donnant la facilité de passer plusieurs heures de la journée en compagnie de Mlle Eva, pourrait bien finir tout aussi brusquement qu'il a commencé. Laisse-moi, je t'en prie, continuer, dit-il, comme Alarich se disposait à l'interrompre. Je t'assure que je n'en pense pas moins beaucoup de bien de la bonne dame;..... mais tu seras, je

pense, forcé de convenir qu'en introduisant
ainsi, dans sa maison, un jeune homme
étranger et s'en faisant, dès le premier jour,
un ami qu'elle invite à passer des heures
entières dans sa société et celle de sa fille,
elle prouve avec évidence qu'elle est légère et imprudente. Tu lui plais..... c'est un
immense bonheur..... mais, mon cher, ap-
prends une chose..... c'est que toutes les
personnes qui sont sujettes à ces engoue-
ments spontanés sont également sujettes
à prendre en grippe, sans aucune raison, les
gens pour lesquels elles manifestaient l'enthousiasme le plus passionné. Je veux espérer que cela ne sera pas le cas avec toi,
et qu'en se prenant de belle passion pour
ton aimable personne, Mme de Boren n'a
fait que te rendre justice..... mais ne t'y fie
pas trop et, crois-moi, demande la main de
la charmante Eva le plus tôt possible, afin
de profiter de l'enthousiasme de la mère.
Tu connais le proverbe : Il faut battre le fer
pendant qu'il est chaud.

— Tu as peut-être raison, dit Alarich
d'un air sérieux, mais je me demande si, en
faisant aujourd'hui ma déclaration, Mme de

Boren ne retardera pas sa réponse jusqu'à l'arrivée de son frère:

— De son frère! Que dis-tu?

— Elles m'ont dit, ce matin, qu'elles attendaient l'arrivée du frère de madame.

— Sais-tu comment il s'appelle?

— Non, elles l'ont tout simplement nommé l'oncle Michel. Mme de Boren en a parlé incidemment, sans paraître vouloir me faire part d'une nouvelle, et il m'a semblé même qu'elle n'était pas fort satisfaite de cette visite.

— Hum! hum! voilà qui pourrait assez bien être....

— Qu'entends-tu dire?

— Poursuis, je t'en prie.

— Pendant cinq minutes que nous sommes restés seuls, mon cher ange et moi, elle m'a dit que sa mère était un peu en froid avec son oncle, parce que celui-ci s'était opposé très-vivement à ce qu'elles vinssent à Interlaken; je n'en sais pas davantage.

— Eh bien! ce que tu me dis me prouve clairement que le moment est tout à fait opportun pour faire ta demande.

— Mon Dieu, je ne peux m'empêcher

d'avoir peur. Si Eva,..... si..... oh! mon Dieu, si.....

— Allons donc, point de semblables terreurs. Tu peux être d'autant plus pressant, d'autant plus éloquent dans ta déclaration. que tu sais combien tu es en réalité un excellent parti. Crois-moi, fais ta demande aujourd'hui même, car, dès que l'oncle sera là, la chose ne sera plus possible telle que tu la rêves, et, puisqu'il peut arriver d'un moment à l'autre, il sera sage de prendre tes précautions.

— Quelle réponse me fera Mme de Boren?

— Ecoute donc : la question ici est de savoir si Mlle Eva aime assez Alarich pour consentir à devenir la femme d'un simple musicien; dès que tu auras lieu de le croire, ne te fais pas de soucis si la mère est moins disposée à accepter cette idée. Du reste, s'il existe un peu de froid entre Mme de Boren et son frère, cela pourrait bien te servir en ce que, pour lui faire pièce, elle hâterait la décision qu'elle aurait pu, sans cela, vouloir soumettre à son approbation. Sans te communiquer toutes les pensées qui me viennent à l'esprit sur ce sujet, je vais te don-

ner encore une raison qui, selon moi, rend
nécessaire une prompte détermination, c'est
que les méchantes langues de la maison — et
Dieu sait s'il en foisonne, — sont déjà à l'af-
fût de ton secret.

— Se doutent-elles de quelque chose?
demanda Alarich en souriant.

— Ma foi, c'est tout comme. Avant-hier
tu as été vu, par la présidente, te promé-
nant avec ces dames près d'Unterscan. Or,
ainsi que d'autres bonnes âmes, elle avait
remarqué tes fréquentes absences ainsi que
ta physionomie souvent distraite, elles ont
brodé, à qui mieux mieux, sur le fond qui
leur était fourni par les circonstances, et j'ai
été parfaitement éclairé sur la nature des
charitables commentaires qu'elles font sur
toi et les dames de Boren par les propos in-
sidieux qu'elles ont tenus devant moi à l'intention de me faire parler. Si tu tardais
encore à rendre parfaitement claire ta position vis-à-vis de Mlle Eva, du concert touchant de tant de bonnes langues il pourrait
résulter des propos fâcheux sur le compte
de ces dames, ou bien de ces commérages
venimeux qui, répétés de bouche en bouche,

en arrivant à leurs oreilles, feraient connaître trop tôt le comte Rostowitz. Songe donc
qu'un hasard quelconque, en amenant des
communications entre le domestique de
Mme de Boren et un de ceux de la maison
pourrait tout découvrir. Tu peux croire que
la vertueuse présidente, qui te fait passer
pour un lovelace et qui dit des choses analogues sur mon compte en associant mon
nom à celui de Mme de Heyden, a levé vers
le ciel ses deux grains de poivre en lançant
de pieux anathèmes contre les pensions
suisses qui, à l'en croire, sont des sentines
de vices. Elle a daigné nous faire savoir, pour
la trentième fois, que ses deux colombes
étaient pures et innocentes.

— Allons, dit gaîment Alarich, ne nous
laissons pas gagner par la contagion de ces
méchantes langues, je t'assure que.....

Dans ce moment la cloche retentissante
annonça le dîner.

Edouard se leva vivement. Sa physionomie si mobile avait déjà perdu l'expression
animée qu'elle avait tout à l'heure.

— Tu iras à Bienchoisi tout de suite après
le dîner et, quand je te reverrai ce soir, tu

seras l'heureux fiancé de ton Eva. Sois heureux, Alarich! Tu as deux parts de bonheur
à demander à la destinée, la tienne et la
mienne.

Alarich ému serra la main de son ami.

— Edouard, dit-il, je ne serai heureux
que lorsque tu le seras aussi.

— Et moi, je ne serai heureux, dans cette
vie, que par ton bonheur; ainsi, arrange-
toi à en avoir pour deux, entends-tu, — et
maintenant assez de sentiment, dit-il en
secouant la tête comme s'il avait espéré
secouer en même temps le chagrin; nous
sommes trop vieux pour cela.

Après avoir jeté un coup d'œil dans la glace
et avoir refait le nœud de sa cravate, il se
rendit, avec Alarich, dans la salle à manger.

V

— Comme il tarde aujourd'hui, ce cher
Gorike, disait avec une certaine impatience
Mme de Boren qui, assise dans son grand
fauteuil, tenait entre les mains un tricot qui,

hélas ! n'avançait guère sous ses doigts.

— Chère maman, il n'est pas encore cinq heures. Il viendra certainement dans un moment. Et notre joli bouton de rose, après avoir regardé la pendule, fixa ses jolis yeux bleus sur la fenêtre par laquelle elle pouvait voir arriver Alarich.

— C'est un si bon garçon, reprit Mme de Boren qui ne se doutait pas combien sa fille était convaincue de cette vérité. Il m'est tellement sympathique. Ne trouves-tu pas, Eva, qu'il ressemble beaucoup à notre cher Charles ?

— Chère maman, dit doucement la jeune fille, vous savez que je n'avais que trois ans quand notre cher Charles est mort.

— C'est vrai, dit la mère en soupirant. Mon Dieu, comme les années passent ! Eh bien ! c'est vraiment étonnant combien le son de voix et les manières si douces et si affectueuses de ce bon Gorike me rappellent mon Charles. Cher enfant ! comme il était bon ! Il aurait aujourd'hui vingt-cinq ans. Quel âge peut avoir Gorike, Eva ?

— Je pense qu'il a cet âge-là, chère maman.

— Comme il était charmant! reprit la mère. Il me semble que je le vois encore, avec sa jolie veste bleue, ses beaux cheveux blonds bouclés, courant après les papillons. Je n'avais qu'à appeler une seule fois: Charles! et il accourait aussitôt se jeter dans mes bras. Maintenant..... je l'appelle..... et il ne répond pas.

— Chère, bien chère maman, il est si heureux, dit Eva, les yeux pleins de larmes, en se mettant sur un tabouret, aux pieds de sa mère.

Pendant ce temps, Alarich, le cœur ému, faisait, d'un pas rapide, le trajet assez long qui séparait la pension Casino de Bienchoisi. Il lui semblait que son sort allait être décidé dans les heures qui allaient suivre. Il se représentait avec ivresse l'instant où Eva mettrait sa petite main dans la sienne, sans donner une seule pensée à ce que cette main pourrait lui offrir; puis, dans d'autres moments, croyant voir sur son charmant visage l'expression d'une préoccupation d'intérêt ou de vanité, il sentait son sang se glacer dans les veines. Une forte impression se produit rarement sans faire éprouver un

besoin impérieux d'exhaler ses sentiments
dans la prière. En passant devant la chapelle, Alarich eut l'idée d'y entrer. Cela va
me retarder ! Que diront Eva et sa mère ?

Malgré ces scrupules qui traversèrent son
esprit, il entra dans la chapelle et pria avec
toute la ferveur d'un cœur affectueux. Ce
que l'on fait pour Dieu n'est jamais perdu,
et une seule prière, dite avec foi, a souvent
plus contribué au succès d'une affaire que
tous les efforts des hommes les plus habi-
les. Bien souvent, dans la vie, se renouvelle
la légende dont l'immortel pinceau de Mu-
rillo a retracé le trait touchant dans cet admirable tableau de la cuisine des anges.
Quand nous oublions nos affaires pour penser à Dieu, il envoie les anges pour nous
servir. Ceux-ci, après qu'ils eurent porté
l'ardente prière du jeune homme au pied
du trône de Dieu, vinrent sûrement errer
autour du fauteuil de M\ment{me} de Boren, et en
touchant son cœur par le souvenir de son
fils, la disposèrent ainsi à exaucer la prière
du jeune homme.

Quand Alarich entra dans le salon de
Bienchoisi, Eva était encore sur le tabouret, aux pieds de sa mère.

— Enfin, vous voilà, mon cher Gorike, que vous est-il donc arrivé ? dit Mme de Boren en tendant au jeune homme une main qu'il baisa respectueusement.

Alarich fort ému, et dont le trouble s'était augmenté en voyant le nuage de pourpre qui avait subitement enveloppé le visage d'Eva, murmura quelques paroles inintelligibles dont, heureusement, Mme de Boren ne tint aucun compte, car la bonne dame était si vive, qu'elle écoutait rarement la réponse à une question.

— Mon cher Gorike, je vous prie, avant d'aller nous promener, faites-moi un peu de musique. Nous avons parlé de choses tristes, et je me sens les nerfs tout démontés. Rien ne me fait plus de bien que de vous écouter.

— Avec le plus grand plaisir, madame, dit Alarich qui, dans la disposition où il se trouvait, était très-heureux de pouvoir chanter ses sentiments, plutôt que de les exprimer dans des paroles qui souvent ne rendent qu'imparfaitement et qu'incomplétement les sentiments de l'âme. Après avoir préludé un moment, il commença à jouer le septuor de Beethoven. Quand il en fut à l'admirable adagio dans lequel le grand maître semble avoir voulu rendre une prière chantée par plusieurs voix, il exprima sa prière dans son jeu, et ce qui venait de son cœur alla droit à celui de Mme de Boren qui fut émue sans deviner le vœu du jeune homme. Quand il eut terminé l'adagio, la pauvre aveugle s'écria avec un accent qui ne laissait aucun doute sur l'impression qu'elle venait d'éprouver.

— Comme c'est beau, mon Dieu ! que c'est beau ! Arrêtez-vous là, mon cher Gorike ; laissez-moi sous la douce influence du charme divin de cette prière.

— Cette prière, madame, c'est la mienne dit Alarich qui, poussé par un mouvement irrésistible, se précipita aux genoux de la bonne dame.

— Que voulez-vous dire ? s'écria-t-elle tout effrayée.

— Laissez-moi devenir votre fils ; accordez-moi la main de cet ange, et croyez que je passerai toute ma vie à vous bénir et à vous aimer comme le plus tendre des fils.

— Mais, mon cher Gorike, à quoi pensez-vous! d'où vous est venue pareille idée?

— Ah! madame, elle m'a été inspirée par mon amour, s'écria le jeune homme exalté. Eva, dit-il, se traînant vers la jeune fille tremblante, et il lui semblait que sa vie dépendait de la réponse qu'elle ferait; Eva, m'aimez-vous, pouvez-vous consentir à devenir ma femme?

— Oui, murmura-t-elle à voix basse mais sans aucune hésitation, et en fixant, sur le jeune homme, un regard plein d'amour et de confiance.

— Vous l'entendez, dit Alarich, dont les yeux, rayonnant de joie, contemplaient le visage rougissant d'Eva. Vous l'entendez, elle dit oui. Oh! bonne mère, dites aussi oui.

— Ah! mon Dieu! remarqua Mme de Boren, il a dit bonne mère tout à fait comme mon Charles. Est-ce que l'âme de Charles a passé en lui?

— Oui, oui, dit vivement Alarich, je suis votre fils et je ne vous quitterai jamais, nous serons deux à vous aimer, à vous bénir, à vous soigner. Dites oui, bonne mère.

— Ah! mon cher, je suis si épuisée ; mon enfant, donne-moi l'éther et l'eau de Cologne, et elle aspira, pendant deux minutes au moins, les deux essences vivifiantes.

Alarich, assuré de la noblesse de sentiments d'Eva, se demandait si, pour hâter le moment de la conclusion, il ne ferait pas la déclaration de sa position réelle, mais il fut retenu par l'espérance de voir Mme de Boren l'accepter de la même manière qu'Eva l'avait accepté, et il s'avouait que le sentiment d'estime et d'affection qu'il aurait pour elle dépendrait en grande partie de la conduite qu'elle allait tenir. Bien des personnes blâmeront le jeune homme, car elles seront d'avis que le devoir d'une mère est de ne pas consentir légèrement à un mariage qui se présente sans garantie pour sa fille..... mais..... à vingt ans, l'on possède beaucoup d'illusions. Alarich tenait tellement à la sienne, qu'il reprit avec un accent exprimant toute l'impétuosité de sa passion.

— Bonne mère, consentez à mon bonheur, dites oui !

— Mais, mon cher, dit Mme de Boren,

qui semblait avoir retrouvé ses sens dans les deux flacons qu'elle avait respirés successivement, pour vous donner une réponse, il faudrait attendre l'arrivée de mon frère.

— Oh non! chère maman, je vous prie, c'est de moi qu'il s'agit et non pas de mon oncle, s'écria Eva en rougissant comme une cerise, après avoir fait un tel acte de hardiesse.

— Au fait, tu as bien raison, mon enfant, dit la mère. Je ne sais pas pourquoi il aurait à se mêler de mes affaires. C'est moi qui suis la maîtresse dans ma famille et non pas lui.

— N'est-ce pas? vous dites oui, bonne mère, dit Alarich.

— Eh bien..... oui, dit Mme de Boren, qui se renversa en arrière dans son fauteuil comme si elle était à moitié morte.

— Merci, oh merci! dit Alarich en couvrant de baisers la main de Mme de Boren, et il osa alors, pour la première fois, porter à ses lèvres la petite main d'Eva.

— Tout cela m'a tellement énervée, dit Mme de Boren, en poussant deux ou trois

soupirs..... Rendez mon enfant heureuse...
Elle le mérite..... C'est un trésor que je
vous donne.....

Eva saisit la main de sa mère et la couvrit des plus tendres baisers.

— Vous avez quelques ressources, n'est-
ce pas? reprit-elle en soupirant encore, et
respirant l'eau de Cologne.

— Oh! oui, madame, dit Alarich qui, en
jetant un rapide coup d'œil sur Eva, vit avec
une joie indicible l'expression indifférente
de sa physionomie à la question de sa mère.

— Eh bien, adieu, mon cher, à demain,
dit Mme de Boren ; venez, je vous prie, à
dix heures, afin que l'affaire soit terminée
avant l'arrivée de mon frère. Alarich, ayant
baisé encore une fois la chère petite main
qui lui apportait tant de bonheur, quitta
Bienchoisi dans un état d'âme difficile à
décrire.

Le soleil était déjà couché depuis un moment ; mais le ciel, du côté du couchant,
avait encore cette belle teinte rosée qui ressemble au souvenir que nous gardons de
ceux que nous aimons, lorsqu'ils nous ont
quittés, et, dans la partie plus foncée du

ciel, apparaissait déjà la blanche étincelle de l'étoile du soir, cette image de l'espérance qui brille dans l'obscurité de notre vie.

Alarich était dans un de ces instants rares, dans la vie, où le cœur est tellement plein qu'on voudrait embrasser la nature entière pour lui faire part de son bonheur. Il volait plutôt qu'il ne marchait, le cœur et la tête perdus dans le sentiment de sa félicité et l'étoile qui se levait dans le crépuscule lui semblait être le symbole de sa vie ; puis, en voyant le contraste produit par la partie du ciel encore colorée avec celle qui était déjà dans l'obscurité, il fut amené à comparer son sort avec celui de son ami. Oh! mon cher Edouard, pourquoi faut-il qu'il soit malheureux tandis que je suis si heureux ! Il faut, à tout prix, que je trouve un moyen d'assurer son bonheur.

Le cœur plein de joie, et la tête remplie de projets, il entra dans sa chambre et fut reçu à la porte par Edouard qui épiait son arrivée.

— Eh bien..... tu es heureux....., je le vois, dit-il en regardant Alarich et en lui serrant fortement la main.

— Oh oui!.... plus que je ne peux dire, répondit celui-ci avec effusion. Il n'y a que ton bonheur qui manque au mien. Il serait parfait sans cela.

— Et..... et il n'y a rien de parfait dans ce monde, dit Edouard avec un sourire mélancolique; mais baste.... n'en parlons plus, et soyons tout à ton bonheur. Assieds-toi là et raconte-moi tout..... si tu le peux.

Alarich fit un récit comme on en fait dans de semblables situations.

— Comme tu le vois, dit-il en terminant, l'épreuve a été faite, et l'âme de mon Eva s'est montrée dans toute sa beauté. T'exprimer comme je l'aime et comme je suis heureux est chose impossible. Demain matin j'achèverai. Maintenant.....

— As-tu pris le thé?

— Non. Je vais m'en faire apporter ici. Mais il faut auparavant que je lise la lettre de mon père.

— Quelle lettre?

— Tu sais bien que, l'hiver passé, le jour où j'eus atteint ma majorité, mon tuteur, en me remettant ses comptes de tutelle, me donna en même temps une lettre ren-

fermée dans le testament de mon père, et
que, d'après sa volonté formellement expri-
mée, je ne devais ouvrir que le jour où je serais sur le point de me marier. Ce jour est
venu, puisque Mme de Boren a donné son
consentement.

Alarich prit dans un tiroir de son secrétaire
un portefeuille de maroquin et l'ouvrit pour
y prendre une lettre sur la suscription de
laquelle était écrit en grandes lettres : *Pour
être lu par mon fils le jour où il sera fiancé.*
Le jeune homme rendu sérieux malgré lui,
à la vue de l'écriture. de son père , baisa
respectueusement les lignes tracées de sa
main, avant de rompre le sceau aux armes
des Rostowitz.

A peine eut-il lu quelques lignes qu'il
poussa une exclamation de joie, et se précipita dans les bras d'Edouard en criant :

— Oh ! Edouard, Edouard, je suis trop
heureux !

— Qu'est-ce au nom du ciel ? Qu'est-ce
qui peut te rendre plus heureux que tu ne
l'es aujourd'hui ?

— Edouard, tu dois le comprendre : c'est
ton bonheur seul qui manquait au mien ;

cher, excellent, bien-aimé père! Jamais je
ne l'ai plus aimé que dans ce moment.
Tiens, lis.

Cette lettre, dans laquelle le vieux comte
de Rostowitz s'exprimait dans les termes les
plus affectueux sur le compte d'Edouard,
auquel, disait-il, il devait la vie de son fils,
contenait la donation d'un legs de 60,000 florins, dont il devait entrer en jouissance le
jour où Alarich serait fiancé.

Les yeux d'Edouard étaient pleins de
larmes, en terminant la lecture de ce précieux document. Sans dire une parole, il
embrassa Alarich, et tous les deux restèrent
quelques minutes silencieux.

— Oh! cher, excellent, digne et paternel
ami! Que Dieu lui rende mille fois le bonheur qu'il me donne, dit Edouard en reprenant la parole. Avec les pierres les plus
précieuses, l'on n'aurait pas pu lui ériger
un monument aussi beau et aussi durable
que celui que mon amour et ma reconnaissance lui élèveront dans mon cœur. Reçois
mes remerciements, au nom de ton père,
dit-il avec simplicité, et..... ajouta-t-il en
souriant..... tu en es venu à tes fins, mauvaise tête que tu es!

— Je t'assure, dit Alarich, dont le visage rayonnait de joie, que ma tête travaillait bien pour trouver quelque bonne idée, et, en dépit de mon bonheur, j'étais triste de n'avoir encore rien imaginé pour contribuer au tien, et voilà que ce cher père y a pensé à l'avance !

— Dans aucun autre moment, cela n'aurait pu me rendre aussi heureux qu'à présent. Oh ! Alarich, dit-il avec passion, maintenant je peux l'aimer. Si tu savais ce que c'était que de voir tant de vertus, de charmes et de grâces, et d'être obligé, par honneur et fierté, de renoncer au bonheur. Que de fois je riais uniquement pour ne pas pleurer.

Les jeunes gens passèrent plusieurs heures encore à causer, et il était minuit passé quand Edouard quitta la chambre de son ami.

Il traversait un corridor qui conduisait au second étage, où était située sa chambre, lorsqu'il vit, se glissant doucement le long des murs, une personne qui, à sa vue, couvrit brusquement sa tête du pan d'un manteau de couleur sombre, dont elle était enveloppée. Le jeune homme, à la lueur du quinquet solitaire qui éclairait l'escalier, remarqua que le manteau recouvrait, à moitié seulement, le costume d'une paysanne bernoise, et, en riant intérieurement, il se promit d'effrayer quelques âmes timorées, en leur parlant du fantôme qui hantait la pension Casino.

VI

— Comment, bel amoureux, tu n'es pas encore prêt! dit Edouard gaiement en entrant, le lendemain matin, à huit heures et demie, dans la chambre de son ami.

— Souviens-toi, dit Alarich, qui donnait la dernière main à sa toilette, que nous nous sommes couchés fort tard hier soir..... J'espère qu'aujourd'hui tu ne donneras pas de leçons, afin de t'occuper à conquérir, par ton éloquence, la main d'une certaine dame dont tu possèdes le cœur, et qui sous peu s'appellera Mme Gorike.

— Oui, dit joyeusement Edouard, et comme l'amour ne m'a pas encore fait per-

dre ma loyauté native, j'ai envoyé ce matin, de bonne heure, des billets d'excuse à
mes élèves, qui, à cette heure, versent des
torrents de larmes d'être privées du plaisir
de voir mon aimable personne. — A propos, sais-tu ce qui est arrivé cette nuit
dans notre pension ? Oh ! c'est délicieux. Je
te le donne en mille.

— Quoi donc ?

Le domestique étant entré dans cet instant en apportant le café, Edouard s'interrompit.

— Eh bien, qu'est-il donc arrivé ? demanda Alarich, un moment après, en ver-
sant le café à son ami.

— Ha, ha, ha, c'est à mourir de rire. Je
t'ai dit que l'autre jour j'avais troublé, sans
le vouloir, le tendre entretien d'une des
colombes avec un individu que, dans l'obscurité, j'avais reconnu pour être le beau
Fritz. Imagine-toi qu'ils sont partis ensemble cette nuit.

— Est-ce possible ?

— C'est si possible que c'est vrai, et depuis ce matin, six heures, où l'on s'est aperçu
de la disparition de ce couple intéressant,

toute la maison est en rumeur. Ce qu'il y
a de piquant, c'est qu'après avoir été souvent accusé par cette excellente présidente
de faire à Mme de Heyden des visites à des
heures tout à fait indues, j'ai eu la chance
de rencontrer l'aimable colombe, au moment où elle fuyait du nid maternel, sous le
déguisement de paysanne bernoise, dont
elle avait fait l'acquisition la veille. A la
vérité, dans la demi-obscurité, je n'ai pas
pu reconnaître l'innocente colombe, mais,
en me rencontrant pour la première fois de
ma vie avec un revenant, j'admirais le tact
dont il donnait la preuve, en choisissant
pour ses expéditions nocturnes, dans un
hôtel suisse, un costume bernois.

— C'est vrai, dit Alarich en riant. Que
doit dire la présidente ?

— Oh! elle est comme une véritable fu-
rie. Elle crie, elle tempête, elle maudit sa
fille, la maison, la Suisse et surtout les per-
fides sommeliers, enfin elle fait le diable à
quatre.

— Pauvre femme !

— Pauvre femme ! Vraiment, tu es bien
bon de l'appeler ainsi ! Cette odieuse créa-

19*

ture n'a que ce qu'elle mérite. C'est bien fait, va ! Personne n'avait été épargné par sa langue venimeuse. Ce qu'elle avait brouillé de gens et fait de chagrin aux uns et aux autres, est incroyable. Elle vantait à tout venant sa vertu et celle de ses filles, et nous tous, tant que nous sommes, nous étions ou des femmes perdues ou des libertins, c'étaient ses plus douces paroles. La voilà maintenant bien attrapée. Je n'ai aucune pitié pour elle. Ma foi, c'est bien fait.

Alarich regarda à sa montre.

— Il est temps de me rendre à Bienchoisi, dit-il en souriant. Ecoute, Edouard, fais-moi un grand plaisir.

— Que veux-tu ?

— Tu vas aller demander maintenant un entretien à Mlle Christine.

Edouard inclina affirmativement la tête.

— Eh bien ! fais-moi le plaisir, après ta démarche effectuée, de venir à Bienchoisi. J'ai deux motifs pour te prier de le faire ; d'abord, comme il est probable que j'y resterai pour le dîner, il me serait impossible d'attendre jusqu'au soir pour apprendre que tu es le fiancé de Christine ; en

second lieu, je tiens beaucoup à te présenter à ces dames.

— C'est juste, dit Edouard en souriant,
elles ne connaissent encore qu'un Gorike
apocryphe, il faut maintenant le leur montrer en chair et en os. J'irai donc vers midi,
à moins que...

— A moins que, quoi ?

— A moins qu'elle ne me refuse.

— Oh! dit Alarich en souriant, je suis
parfaitement tranquille. Adieu, et heureuse
chance! adieu.

Aucun domestique ne se trouvant dans
le vestibule de Bienchoisi pour l'introduire
au salon, Alarich frappa discrètement à la
porte.

— Entrez, cria une voix masculine assez
rude.

Dans le salon se promenait à grands pas
un homme d'une taille élevée et d'une physionomie peu avenante, il faut en convenir.
Ses cheveux blancs contrastaient, d'une manière étrange, avec ses moustaches noires
et ses yeux bruns protégés par d'épais sourcils gris, lesquels étaient alors froncés d'une
manière assez menaçante. Son costume,

aussi bien que sa démarche, indiquait un ancien militaire; l'on voyait bientôt qu'il avait l'habitude de commander.

En apercevant Alarich, son visage se dérida subitement et il lui tendit avec empressement les deux mains en lui disant, d'un ton surpris :

— C'est vous, mon cher Alarich; que diable, ce n'était pas vous que j'attendais ! Ma nièce ne m'avait pas dit qu'elle eût le plaisir de vous connaître. Ou bien avez-vous appris par hasard mon arrivée? C'est très-aimable de votre part. Vous n'êtes pas bien grand, ajouta-t-il en le toisant, cependant vous avez bien grandi... depuis 185... Comme vous ressemblez à votre père ! Quelle surprise !

— Certes, dit Alarich en souriant, je ne pensais pas avoir l'honneur de vous rencontrer aujourd'hui, général.

— Comment! ces dames ne vous avaient pas dit qu'elles m'attendaient. Leur aventurier leur a fait perdre la tête..... Comme vous ressemblez à votre père ! répéta-t-il encore. Vous êtes le fils d'un cher et excellent homme..... Laissez-moi vous embrasser pour l'amour de ce cher Rostowitz.

Et le général donna une affectueuse accolade au jeune homme, qui y répondit avec cordialité, en pensant qu'il embrassait l'oncle d'Eva.

— Ah! mon cher, si vous saviez combien je suis en colère! Ces deux femmes m'ont préparé une besogne du diable. Il me faut défaire tout ce qu'elles ont fait.

Il regarda à la pendule.

— Que diable! il est déjà dix heures passées. Son altesse croit probablement avoir le droit de me faire attendre!

— Qu'avez-vous donc, général? fit l'hypocrite Alarich.

— Dites-moi, mon cher, dit-il brusquement, êtes-vous depuis quelque temps à Interlaken?

— Voilà six semaines que je suis ici, général.

— Connaissez-vous un certain musicien, Edouard Gorike?

— Mais oui... un peu... dit Alarich en se composant.

— Eh bien! imaginez-vous que ma pauvre sœur, qui, entre nous soit dit, n'a

pas plus de bon sens qu'un enfant de
cinq ans, a promis hier sa fille en mariage
à ce Gorike qui, depuis huit jours, lui donnait des leçons de musique. Jugez un peu
s'il y a l'ombre de raison dans une semblable conduite! Une fille charmante, de
bonne maison, très-riche et destinée en
plus à être mon unique héritière, la donner, du jour au lendemain, à un petit ra-
cleur d'instrument. Ma parole, c'est à en
crever de colère! Et ce qui m'enrage le plus,
c'est que je ne peux pas dire tout ce que je
pense. Ma pauvre sœur, qui a toujours eu
la tête plus que légère, a eu de très-grands
chagrins dans sa vie. Elle a perdu successivement un fils qu'elle aimait passionnément
et trois filles charmantes. Enfin, à la mort
de son mari, par suite d'une maladie grave,
elle fut privée de la vue, et le reste de son
bon sens a pour ainsi dire déménagé. Elle
passe sa vie à prendre des médecines et à
faire des remèdes, et s'étonne d'être malade;
parbleu, on le serait à moins! Bref, ce printemps, elle se mit en tête de venir passer
l'été à Interlaken. Je m'y opposais de toutes
mes forces, parce que je n'avais pas là pos-

sibilité de l'accompagner. Comme elle est
quelque fois aussi têtue qu'un mulet, elle
s'obstina à faire ce voyage. Ma foi, je la lais-
sai partir, la recommandant à Dieu et à ses
saints. Dès que je fus libre, je me décidai
à aller la rejoindre, ayant la crainte vague
que, laissée à elle-même, elle n'eût déjà fait
quelque bêtise. Cela n'a pas manqué. A
peine arrivé hier au soir, elle m'annonce
d'un ton qu'elle voulait rendre très-dégagé,
qu'elle a promis sa fille à M. Edouard
Gorike, qui vient de les quitter à l'instant.
Le nom ne me plaisait déjà pas trop, mais
quand je demande ce qu'il est, d'où il
vient, ce qu'il a... lorsqu'elle me dit
qu'elle ne savait pas trop ce qui en était...
mais qu'il était maître de musique, qu'elle
le connaissait depuis huit jours, et, enfin,
qu'elle l'avait agréé parce qu'il lui rappelait son fils... le diable m'emporte... je
fus au moment d'étouffer de colère. Dieu
me tiendra compte de la modération que
j'ai eue. Mais, si je suis furieux contre ma
sœur, je n'ai pas, en vérité, le courage de
lui rien dire. Lorsque je vois ces pauvres
yeux éteints et ce visage pâle, sur lequel

les larmes ont tracé des sillons, je n'ai pas
le courage de dire un mot...

Serrant silencieusement la main du général, Alarich lui dit d'une voix émue :

— Et avez-vous parlé à Mlle Eva ? Que
disait-elle?

— Elle n'était pas là lorsque ma sœur
m'a annoncé cette belle nouvelle, elle préparait une des mille drogues dont sa pauvre mère se régale chaque jour; mais ce
matin, pendant que ma sœur reposait encore, je l'ai fait venir dans ma chambre
pour la bien chapitrer et lui conseiller de
s'ôter de la tête un semblable mariage.

— Et que disait-elle? s'écria Alarich
éperdu.

— Qu'avez-vous donc? dit le général,
êtes-vous souffrant?

— Non, non, ce n'est rien, répliqua
vivement le jeune homme. Et que disait
Mlle Eva?

— La petite sotte est si bien enamou-
rée de son Gorike, qu'elle n'a pas reculé
d'une ligne. Il faut vous avouer, mon cher,
que, tout en étant très-fâché contre ma
nièce, je suis obligé de lui rendre justice;

c'est l'être le plus excellent que je con-
naisse. Sa beauté est la moindre de ses
qualités. C'est un ange, en un mot. Eh
bien, ce bon petit mouton s'est tout à fait
métamorphosé. Et le général contrefaisant
la voix d'Eva : Mon oncle, je n'épouserai
jamais que M. Gorike.... mon oncle, j'aime
mieux mourir que d'épouser un autre que
M. Gorike... mon oncle, j'aime mieux épouser M. Gorike que le prince royal. Enfin,
pendant une heure, elle m'a répété cent
fadaises du même genre, et, depuis ce moment, elle ne cesse de pleurer.

— Elle pleure ! dit Alarich au comble de
l'émotion.

— Qu'avez-vous donc ? demanda le général, en remarquant l'anxiété peinte sur
le visage qui, tout à l'heure, exprimait la
plus vive joie. Ah çà ! seriez-vous, par hasard, amoureux de ma nièce. L'aimez-vous ?

— Passionnément, dit Alarich avec un
accent qui aurait persuadé le plus incrédule.

— Hein ! voilà qui est bien, dit le général,
en caressant sa moustache d'un air satisfait.
Eh bien ! je vous autorise à lui faire la cour,
mon cher, et tâchez-moi de chasser de son

esprit ce coquin de Gorike. Ma parole,
ce drôle se donne des airs, je crois ; il devait être ici à dix heures, voilà que onze
viennent de sonner, et son excellence n'est
pas encore là. Evidemment il a du flair et
se doute que je m'apprête à lui laver la
tête de la bonne façon.

— Général, puisqu'elle pleure, permet-
tez-moi d'aller me jeter à ses pieds.

— Eh! eh! Quelle fatuité! Croyez-vous
donc, par un seul regard de vos beaux yeux,
conquérir le cœur de ma nièce. Cela ne me
plaît pas trop hum, hum! Rostowitz n'était
pas ainsi.

— C'est que..... général..... dit Alarich
en souriant, c'est moi qui suis M. Gorike.

— Allons donc, perdez-vous l'esprit aussi!
dit brusquement le général en frappant de
son poing sur la table. Est-ce que l'air de
cette maison rend fou?

— Général, si vous ne me croyez pas,
priez votre nièce de venir ici un instant,
et vous verrez qu'elle reconnaîtra en moi
M. Gorike.

Le général regarda un moment le jeune
homme comme pour s'assurer qu'il n'était

pas trompé par quelque ressemblance extraordinaire.

— Je suis parfaitement sûr, dit-il après avoir terminé son rapide examen, que vous êtes Alarich de Rostowitz.

— Je le suis certainement, répondit le jeune homme en souriant.

— Bon, vous avez donc la propriété de réunir deux personnalités. Allons, décidément, je vois que l'air d'Interlaken est fatal à la raison, et le diable est entré dans la maison.

— De grâce, général, faites venir votre nièce.

— Qu'à cela ne tienne, et, d'une main énergique, le vieux militaire tira le cordon de sonnette.

— Va prier mademoiselle, dit-il au domestique, de vouloir bien venir ici immédiatement.

Deux minutes après, Eva entra. Son pâle visage, encore gonflé par les larmes, devint pourpre en apercevant Alarich qui, se jetant à ses genoux, couvrit ses mains de baisers.

Le général regardait cette scène en ouvrant de grands yeux.

— Eva, dit-il, en s'adressant brusquement
à sa nièce, est-ce là vraiment M. Edouard
Gorike ?

— Oui, mon oncle, dit-elle timidement.

— Alors, j'ai été dupe d'une incroyable
ressemblance, dit le général furieux, car je
l'ai pris pour le comte Alarich de Rostowitz, le fils d'un ancien frère d'armes que
je n'avais pas vu depuis longtemps, et
il a eu l'impudence de se laisser traiter
comme tel, de ne pas me démentir une
seule fois ! Retire-toi, Eva. C'est maintenant à l'*honnête et loyal* M. Gorike que je
vais avoir à parler.

Mais Alarich, saisissant la main d'Eva
qu'elle ne retira pas, dit en se tournant vers
le général :

— Cher général, daignez m'écouter un instant..... Et, brièvement mais avec cette
éloquence particulière aux amoureux, il
raconta comment, étant devenu épris
d'Eva la première fois qu'il l'avait vue,
il avait éprouvé l'ardent désir de se faire
aimer d'elle et d'essayer d'obtenir sa main
sous un nom obscur et avec une position
inférieure à la sienne.

— Eva, ma femme, ma fiancée bien-ai-mée, dit-il en terminant et se jetant à genoux devant la jeune fille, pardonnez-moi de vous avoir fait verser des larmes qui me rendent aussi heureux.

Le souvenir et l'embarras d'Eva, en sé-chant les traces de ses larmes, semblèrent accorder un complet pardon à son fiancé.

— Ma parole, voilà une drôle d'histoire, dit le général qui étouffa dans un gros rire la contrariété qu'il éprouvait d'avoir été dupé. Il faut convenir que ma sœur a eu plus de bonheur qu'elle n'en méritait..... Eva, est-ce que ta mère est prête? Peut-elle venir?

— Oui, mon oncle, elle est prête, mais elle prend une infusion de mille-feuilles.

— Du diable, faut-il toujours la trouver entourée de ces satanées drogues? Allons, quand elle en prendrait une cuillerée de moins, cela pourrait ne lui faire que du bien; il faut la mettre au fait de l'événement et lui apprendre le nom du gendre que la Providence lui donne. Je reviens dans la minute, dit-il en regardant les deux fiancés.

Ceux-ci profitèrent de ce court instant

pour se dire ces charmants secrets, si doux
à entendre et si difficiles à répéter.

Quand le général eut mis en quelques
paroles sa sœur au fait de la situation, il
lui donna le bras pour l'amener au salon.
En l'apercevant Alarich et Eva se jetèrent
à genoux devant elle.

— Bonne mère, dit Alarich en baisant
tendrement sa main, daignez bénir vos enfants.

Le visage de la pauvre aveugle portait
les traces visibles des émotions qu'elle venait d'éprouver. Ce fut d'une main tremblante qu'elle bénit les deux fiancés.

— N'est-ce pas, vous ne me quitterez jamais? dit-elle d'une voix émue en retombant
épuisée dans son fauteuil.

— Jamais! dirent d'une seule voix Alarich et Eva.

— Maintenant, ma chère sœur, il faut
te reposer, dit le général qui était plus at-
tendri qu'il ne voulait le paraître.

— Eva, mon enfant, donne-moi le flacon
d'éther et prépare-moi un peu de limonade.

— Oui, chère maman.

Dans ce moment, le vieux Jacob entra

et, d'un air qui témoignait d'un véritable trouble d'esprit, il s'avança vers le général auquel il dit quelques mots à voix basse.

Le général d'un ton un peu surpris dit à Alarich :

— Dites-moi, mon cher, est-ce que votre ami Gorike devait venir ici ? Jacob me dit qu'un jeune homme, qui prétend s'appeler ainsi, demande à être introduit chez Mme de Boren.

— Ah ! c'est Edouard ! dit en riant Alarich qui s'élança à la porte du salon. Entre, mon cher, entre; je suis impatient de te présenter à ma famille.

Et, le prenant par la main, il le conduisit devant Mme de Boren.

— Bonne mère, voilà celui qui m'a prêté son nom et sa qualité de maître de musique; c'est mon frère, mon plus cher ami; c'est lui qui me sauva la vie dans mon enfance et qui me la sauva, une seconde fois, en trouvant un moyen pour moi de connaître mon Eva bien-aimée. Edouard, voici le général de Wandheim, un ancien frère d'armes de mon cher père, que j'ai retrouvé dans l'oncle Michel. Cher oncle, dit-il en souriant, voici celui contre lequel vous étiez si fâché tout à l'heure.

— Mon cher monsieur, dit le général en tendant la main à Edouard avec l'expression d'une sincère cordialité, je suis content de faire la connaissance de l'excellent ami de mon neveu.

— Et vous eussiez été bien fâché, général, si j'avais eu la prétention de le devenir, dit Edouard avec un fin sourire.

— Ma foi, je ne peux pas le nier, dit le vieux militaire avec sa brusque franchise.

— Le domestique ne voulait absolument pas me faire entrer, dit Edouard; il avait l'air le plus scandalisé du monde lorsque j'ai décliné mon nom.

— Ha! ha! ha! dit le général en riant de tout son cœur, après la comédie que vous nous avez jouée, messieurs, la défiance est assez permise. Quand je pense que ce drôle-là (et il frappait amicalement sur l'épaule d'Alarich), pendant plus d'une heure, s'est moqué de moi de la façon la plus impudente! A propos, mon neveu, pourquoi donc ne présentez-vous pas monsieur à cette jeune personne qui me disait ce matin d'un air si touchant (le général contrefaisant encore la voix d'Eva) : Mon oncle, je n'aime que M. Gorike. Mon oncle, je ne veux épouser que M. Gorike. Mon oncle, j'aime mieux M. Gorike que tous les princes de la terre.

— O mon oncle! par pitié! dit la pauvre Eva, dont une flamme de pourpre couvrit le charmant visage.

— Eh bien! Alarich, n'es-tu pas heureux? dit Edouard en regardant son ami qui contemplait avec l'ivresse du bonheur son aimable fiancée.

— Toi aussi tu es heureux, dit-il, je l'ai vu à ton regard.

— Oh! oui.

— Et moi, je suis le plus heureux des hommes, je suis *plus heureux qu'un roi*.

FIN.

LE PUY, TYPOGRAPHIE DE M.-P. MARCHESSOU.

www.ingramcontent.com/pod-product-compliance
Lightning Source LLC
Chambersburg PA
CBHW070330030726
47505CB00004B/1151